没有英雄的时代我只想做一个人

大踏 作品

廣東省出版集團
广东人民出版社
·广州·

图书在版编目（CIP）数据

没有英雄的时代，我只想做一个人 / 大踏著．— 广州：广东人民出版社，2013.9

ISBN 978-7-218-08858-7

Ⅰ．①没… Ⅱ．①大… Ⅲ．①杂文集—中国—当代 ②散文集—中国—当代 Ⅳ．① I267

中国版本图书馆 CIP 数据核字（2013）第 152437 号

Meiyou yingxiong de shidai wo zhixiang zuo yige ren

没有英雄的时代，我只想做一个人

大踏 著

出 版 人：曾 莹

责任编辑：肖风华 梁 茵
监 制：于向勇 康 慨
特约策划：赵 辉
封面设计：牧 牧
营销编辑：刘菲菲 孙玮婕

出版发行：广东人民出版社
地 址：广州市大沙头四马路 10 号（邮政编码：510102）
电 话：（020）83798714（总编室）
传 真：（020）83780199
网 址：http://www.gdpph.com
印 刷：北京鹏润伟业印刷有限公司
书 号：ISBN 978-7-218-08858-7
开 本：860mm × 1200mm 1/32
印 张：5.5 字数：100 千
版 次：2013 年 9 月第 1 版 2013 年 9 月第 1 次印刷
印 数：1—20000 册
定 价：32.00 元

如发现印装质量问题，影响阅读，请与出版社（020—83795749）联系调换。
售书热线：（020）83790604 83791487 邮购：（020）83781421

思享家

分享思考的快乐

我写它的原因，是想回味我个人的那段历史。因为是历史，弄假了就对不起自己了，所以要求真，即便写得有误，也是记忆的责任而无关良心。

虽然无一不真实，但在大的真实面前，有可能因为是局部而显得次要，甚至不真。

目录
contents

目录
contents

序　大踏

陈嘉映

那一年，好友刘建住进肿瘤医院，我们几个好友轮班看护。这一夜，我和大踏交接班。病房外走廊里，靠窗，夏末，两人谈起写作，争论起来，记忆中，是第一次听大踏正面反对我的看法。我喜欢简洁讲究的文字，像海明威说的那样，站着写，落笔会比较节省，然后悠悠在摇椅上把可删的一字一字删去。甚至像贺拉斯提倡的那样，文字落成，放上九年再考虑示人。大踏不以为然：写作像生活一样，贵在原生态，当下写成啥样就让它啥样，否则有作假之嫌。

忽忽三十年过去了，他还是他那主张，我还是我那主张。只不过，那时候，我认为自己是对的，他是错的，而今我更愿说，各有各的道理。倒不是和稀泥，是因为我们各自的主张都不是孤零零的主张，这里的分歧连着很多其他不同。比如，大踏一身本事，走南闯北，富感知，高才情；我呢，好读书，差不多是在书里讨生活，坐在书房里写论文——想象不出大踏那种风格怎么写得出论文。大踏是作家，但我有时把他看作“半作家”，他的写作跟他怎么生活连得很紧，你觉得他写出来的东西有意思没意思，在很大程度上依赖于你看他那种生活内容有意思没意思。大多数作家，典型的作家，完全不是这样。我们几乎不知道莎士比亚或曹雪芹怎么过日子，甚至有人怀疑根本没有其人。身边人里，例如刚得了诺贝尔文学奖的莫言，也很难从他的写作中看到他怎么过日子。大踏和我关于怎样写作的争论编织在两种不同的生活里，编织在对生活的不同总体态度里；这些不同，复又编织在让这些相异之处息息相关的共同世界里——如果不是共处在这个息息相关的共同世界里，还有什么可争？但要从怎样写作一直聊到他和我的共同世界，那得聊到什么时候？

那时候，我们两个差不多谁都没发表过任何东西。后来，两人七七八八各自不知发表了多少文字，各自把关于写作的主张体现到自己的写作中。我仍然坚持他错把原生态等同于写作随意，但我也不得不承认，大踏走出了自己的路，如果他转而采纳我的主张，我们就读不到这许多大踏风的文和诗了。大踏有一双独特的眼睛，他固执地使用这双眼睛看待世界，于是，三十年来，他笔下出现了一个独特的世界。无法三言两语概括这个世界的独特之处，非要简言之，我会说，那是一个被解构了的世界。我不是因为“解构”时髦选了这个词（何况这个词现在恐怕也不那么时髦了），大踏原是咱们中国最早开创解构之风的作家，只因为他一上来就解构得相当彻底，把自己也一道解构掉了，所以不曾以解构先行者的身份暴得大名。1976年，他碰巧领头冲了天安门广场上的公安部小楼，两年后，官方追认他们是天安门英雄，他又是那批英雄里有才有样的，一时间，赞誉崇拜蜂拥而来，可他认准了不走阳关大道，他要走他自己的路。“走自己的路”这话说的人多，真这么走的人少。是条什么路呢？这条路曲曲折折，不大说得准，好在他一路走，一路哼唱，算是一路留下了标记。他自己说得最到位：“跟时代抬杠”，用“小折腾小反抗小颓废”抬杠。大家发财，他偏要受穷，大家成功，他偏要落魄，大家健身体检，他偏喝大酒吃大排档——好在他那身子骨儿硬朗，几十年还没折腾零碎。常听知道或不知道大踏的人说：能几十年把抬杠坚持到底，这本身就是个成就。

英雄都得扛点儿什么，我们却也不会因为扛着扛着就成了英雄。有真钞，才有假钞，满街成名竖子，还伪啥英雄？大踏及其同伙儿，倒有点儿像我们这个时代的嘲世派（通译“犬儒主义”），它们拒绝一般认作文明上进的东西，拒绝兢兢业业、守规矩、奢侈荣华，自愿忍受贫穷、脏乱差、身体的痛苦。他们不是要推翻旧社会建立新社会，他们只是在笼统的却也轻微的意义上是“反社会”的——社会是组织起来的，而他们反感任何组织起来的、正式的东西，认为只有通过个人的任性才能获得心灵的提升。

的确，在我看来，大踏倒不是对咱们的社会怀有敌意，我不记得大踏对任何东西“怀有敌意”，他拒斥，或干脆不经心眼。人凭借财产分出等级，或凭借什么别的，例如产地、父母的官位、知名度，乃至凭借劳绩，这些等级在大踏那里都拉平了。也有他佩服的、崇敬的，新近尤其崇敬“有信仰者”，在一首长诗里，他提到苏联流放地的老东正教徒、同治年间的扎合忍耶教派、佛陀、穆罕默德、耶稣、巴哈欧拉、刘胡兰、黄继光。他自己不是信仰者，也不为自己不是感到苦恼，他仍然高高兴兴过他喝大酒的生活，时不时把喝大酒也拔高成一种信仰——我因此觉得他崇敬信仰者是否有点儿拉他们来为自己辩护的意思。

大踏写的东西，大半我都读过，好看，受益，也有不满乃至不快。大踏的生活和写作，几十年来，我都深有质疑。他很早就在自己的写作中洗去煽情和矫情，但他刻意保持的那种抬杠者姿态，是不是也有点儿挺着板着矫情着？的确，这里那里，我会觉得他写到得意处，颇有点儿自鸣得意，而我个人一向把自鸣得意看作写作的或写作者的一个致命缺陷。呵呵，说到这里，恐怕我又要与大踏争论一番，此处且按下不表，毕竟，他近期的写作没有这种东西了。而且，对我个人而言的一重重要意义在于，大踏这个人，他的写作，不断把我带向自我质疑，质疑我自己的生活和写作。不久前，我们共同的老朋友梁和平在病床上说，不管我们是否赞同大踏，他始终是让我们审视自己的一面镜子。

以大踏这样一种独特的视角来写 1976 年这样一个独特的年份，读来都会受益，对那一年不知情的，会由此知道很多，从那一年生活过来的，会重新去思考关于那一年的一些成见。这是一本纪实书，书的扉页上说："我写它的原因，是重回我个人的那段历史。因为好玩，弄假了就对不起自己了，所以要求真，即便写得有误，也是记忆的责任而无关良心。"这我信，实际上，大踏一路解构高调的东西，本来就有求真之意。不过，读者诸君不可指望历史学家的严谨。记忆弄人，这在心理学上是在论的，大踏写回忆期间也做些查证，但认真比我尚不如，较历史学家所悬的标准更差得很远。要是回到本文一开头说到的真实与原生态，那我会说，这里呈现的是写作时的原生态，而不是事情发生时的原生态。我是 1978 年认识大踏的，此前的事是否写得真实我不知道，此后的事情，我发现了一些失实之处；而且总体上，我猜想，大踏多多少少把他后来发展出来的生活态度投射到 1976 年了。大踏说他写这书写得好玩，善哉，祝诸君阅读愉快！

2013.3

匪甲也上花名册

我扫了一眼报纸，却一点都不激动，只是没想到我的名字会上党报。
我对围过来的同学说：肯定是重名，我不是那个赵世坚。

1978 年 11 月 16 日，新华社发布了重要新闻，《人民日报》的标题是《天安门事件完全是革命行动》，新闻的导语是：中共北京市委宣布，“对于一九七六年清明节因悼念周总理、反对‘四人帮’而受到迫害的同志要一律平反，恢复名誉。”这是为 1976 年“四五事件”平反的首篇官方文章。那时我正在位于花园村的北京师范学院（现首都师范大学）中文系读一年级。

我是 78 级一班的，班上 80 来人，男女各半。我们班年纪小的有 16 岁的体育特招生，年纪大的有 33 岁的孕妇。可惜漂亮女生都在 78 级二班——后男生民意测验也一致认为系花、级花都在二班（校花在外语系）。那时我刚 23 岁，是当了四年半钳工后考上的，还没交过女朋友。

上大学令人兴奋，可遗憾的是校园中的美女比我原来的工厂少多了——是呵，美女考什么大学呀，直接考一个好丈夫不就得了。各科摸底测验下来，发现女生成绩最好的往往是形貌不及格的。上学伊始，坏学生的坏还没显露，好色的口水也都暂时咽进胃里。大家都按时上课，参加政治学习和校务劳动（学校当局借着新生入学的激情，将一些苦脏累的诸如清除陈年垃圾、挖沟等活儿分派下来），并且多数都自觉地去图书馆或到教室上晚自习。

我就是在晚自习的教室里看到了那张为“四五事件”平反的《人民日报》。有同学惊诧地递过报纸说：这里提到你了，你是那个谈判代表赵世坚吧。

我扫了一眼报纸，却一点都不激动，只是没想到我的名字会上党报。我对围过来的同学说：肯定是重名，我不是那个赵世坚。

1976 年 4 月的事到 1978 年 11 月，已经过去了两年半，天安门的事我已淡忘了，并且眼下大学的新生活让我大喜过望：可以不用当受苦受累的领导一切的工人阶级，而像做梦一样进了校园；大学里除了《金瓶梅》《肉蒲团》等还被视为禁书，什么书都可以借阅，《十日谈》《坎特伯雷故事集》多刺激人呀；大学里的舞会“只要你胆丰脸厚”，什么样的女生都不会拒绝你的揽握——大学里好玩的人比工厂里多多了。所以我兴致最大的是要展开并深入我的大学生活，比如我要结交我们班的田才子田杰，要贼住一个漂亮女生，要读遍外国文学名著。所以“四五”平反，以及我成了“四五英雄”都算不了大事。

不过，天安门广场的那场事儿的确是挺好玩的，像是人生第一次体会了高潮。可是它过去了——老妻向老夫重提年轻时的蜜月，而正专注于新爱，比如养鸽子或玩书画或集邮的老夫不会特来劲儿吧。再说“四五事件”后，和别的“四五英雄”相比，我发现我不是特别热衷于政治或革命。我骨子里喜欢玩——当然旅行和文学艺术最好玩了，而我当初参加“四五”除了政治观点的基本好恶，主要是觉得广场的热闹与咱的热血协调，广场上的故事就像自己演电影似的。

广场咱已经玩完了，那里的好戏也一时半会儿不会再有了，咱现在玩的是大学，且已经进入角色了。

第二天，班里的辅导员李老师和系里的书记就找我谈了话，确认我在入学前的确在报纸上说的那家工厂，的确是参加了“四五事件”。他们赞许我的作为，更称道我的不张扬，又要我给全系做报告。我当时未置可否。

记不清是不是因为校广播报道了我，总之，我在学校有点名了。但这名并不实惠——没有发奖金，我那时零用钱多紧呀，啤酒一周只喝得起限量的一次，跳舞前要用的皮鞋油都是蹭同学的。“四五英雄”又怎么了，北京市委为什么不发一个文件：将在普通大学读书的参加过“四五运动”的学生都转到北大、清华去？

我被称为“小布衫”

我们厂22岁以下的根本没有谈恋爱的，“乱搞男女关系”在当时几乎是法律用语，是要被判刑的。

1976 年 4 月时，我在特种工艺机械修造厂，那是我在的第三个年头。特艺机修厂属北京二轻局下属的特种工艺公司，该厂约 20 世纪 90 年代解体，车间毁平改建商品房。我们厂子，四五百人，3 个带天车的长达一百米的大车间，生产一般的车床、铣床、刨床、锯床，以及为加工工艺品特制的机械，如仿型铣。当美丽的天车女工（高空横移吊车司机）为我吊活，按着我的手势操作时，我心说：你在天上真听我的话。我不能老盯着人家的脸，我一师弟就是吊活时精力没集中在铸件上，被倒仄的铸件砸伤了。

那时我刚 20 岁，肩宽腰细，一米八高，身上的青春之火乱烧，但烧不到女性身上，只能烧到钻研技术努力工作上，烧到业余的古今中外的文史书上，烧到足羽篮球滑冰游泳上。

那时我们厂 22 岁以下的根本没有谈恋爱的，“乱搞男女关系”在当时几乎是法律用语，是要被判刑的——电工班技术最好的一位广东籍师傅，长得英俊又能文擅书法，就因为跟一位姓车的未婚女工有性关系而被判了两年。

更贴切地说，与其说我们青工的欲火不敢瞎放，不如说也不会放。浑身是火呀，我就做了一个不凡的败火活动。从 1975 年底到 1976 年春节后，我只穿单裤和衬衣过冬，并且每天从羊坊店骑车 15 公里至北沙滩上班。在德胜门到清河的路上，我是被称为“小布衫”的人，零下 15 度也依然是这一身衣服。咋不冷！可每天工友掀掀我的衬衣夸我一句“真棒”时，那赞语就像棉袄或是巧克力。穿得少，肯定吃得多，一般早餐仨糖包二两粥，共八两，午餐八两馒头算半饱，晚饭回家足撮一斤半粮食外加菜。我妈说：省了衣服才省了几个钱，你这一冬吃出了好几件皮袄。

当时我耍单过冬，还真没有在女工面前招摇的企图，但想当一个优秀的人，比如牛虻、保尔、拉赫美托夫或是写书写诗的作家的心是有的。可那时莫名的性的欲望就像个暗藏在身体里的反革命，老给你捣乱以增加你成为优秀人的难度。

我和几个小青工特看不起机加车间一个因流氓罪判过一年劳教的卢师傅，但却特喜欢听他讲那种事儿，每每听得裆中如旗杆。一次他讲：我把她带到香山后山的树林摁倒，好不容易扒下她裤子，可她扭来扭去，根本插不进去，我那家伙急了，射了。我身体好，没两分钟，那家伙又起来了。这姓卢的故事可供我们长时间玩味。而他搞的那个女工，也是机加车间二号漂亮的，长得有点像俄罗斯人，哪怕她挺着大肚子时，也面色粉嫩。

工友中我的铁哥们儿不少，尤其是七二届初中毕业的张凯来与赵岍与我最好，也因我们都觉得“天将降大任于斯人也，必先苦其心志，劳其筋骨……”，苦其心志呢，现实与理想间的困惑，优美地折磨着我们，我们仨常常秘密地讨论，一头雾水地进去又雾水一头地出来。劳其筋骨好办，就是自己折磨自己呗，练就身体，攒好革命的本钱。

我们一样都是 1972 年初中毕业后，没有去北京郊区插队，而是被分到了技校——那是特种工艺公司现凑的一个技校，没有校舍，没有师资，我们上来就是学徒工，每月挣 16 元。一年半内，每隔三个月就去地安门中学借教室借数理化老师上三个月课，余下时间就在特艺机修厂学徒干活。所以，可以说我从 17 岁已经当工人了，胡子还没长黑，就长大成人挣钱花了。

趁着那年冬天在地安门中学上课的三个月，我们仨坚持冬泳。那是在什刹海南岸，每天中午我们去把冰砸开一条长 20

米宽3米的泳道，狂啸一嗓子，然后跳下水游个两分钟。水温约1摄氏度，边上尽是滑冰的。上岸后浑身红而腾汽，头发马上结冰。说实在的，每天都勉强，只要有一个人打退堂鼓，其他两个人保证附和，但谁也不愿意首先败兴而耐心等着伙伴领败逃之风，于是竟微妙地坚持下来了。那就小小牛逼，等着天将降大任。不过冬泳特抑制性欲，我们仨果真不像别人那么在意前挺后撅的女工友。

我希望的大任是什么呢？好像不是革命，但肯定不是为共产主义献身。我所在的钳工车间，有不少出身不好的老高三。出身不好，文化必好。我先跟一个年长的六级钳工张师傅学了两年多，又开始跟一位六七年高中毕业的魏道凝师傅学手艺。

虽然我工余读的东西比较雅，比如中国的有《魏晋南北朝参考资料》《唐诗三百首》《宋四家词》等，外国的有《红与黑》《贝姨》《马丁·伊登》等，但夜里却做一些流氓梦并且不觉间也脏了被子。幸亏我当时没听懂姓卢的讲的手淫，否则我向往优秀的自尊心该多受摧残呀。

我都是主动加班，和其他青工比谁熬夜加班的时间长，比谁一口气大锤抡的次数多，比这比那，消耗过热的青春之火。穿衬衣过冬那几个月，睡眠奇好，晚上躺下睡到早晨爬起来，无梦，一夜醒来，感觉仿佛刚摔了一个跟头又爬了起来。火热的身体若碰见火热的场合，不欢起来才怪。当时我还不会用性高潮这词来形容超凡的快感，4 月 5 号那天在广场上的时候，我上蹿下跳，左突右挺，三深一浅，感觉特别爽，通体流畅。

好胜心作怪，
我爬上纪念碑的浮雕

有趣的是，你以为你是来看戏的，但你看着看着听着听着也被触动，成了这千百出戏中的一个角儿。

从 3 月底至 4 月初，我每天上班前必在广场上转一圈，下班后更是在广场的花圈丛林中且转悠呢，我仔细瞧广场上的人，觉得实在有点好玩。照说清明节前后，悼念死者，尤其是对周总理的追思，人们的表情应该肃穆端庄甚至压抑，可我发现大多数人的脸上洋溢着兴奋、复仇、解放甚至欢快的表情。有的悼词或挽联写得相当工整，不逊贾谊；有的婉转深邃，直追嵇康。但更多的义愤露骨，如同社论，不怎么好玩。各种各样的花圈，甚至还有成吨重的金属做的，纪念碑周围的柏丛上也全部系满纸花绢花，广场上是花的森林、诗词的海洋。

更有不同层次的演讲。谁都可以找个高处如台阶、灯杆爬上去，或即兴成章，或照纸喊念。虽没指名道姓，有的话也太大胆了！但往往这种直接的、口号式的宣讲能博得大家起哄般的欢呼。我就像在一个朗诵、相声的博览会上，看看这个不好再走几步换一个小场，听听哪个有劲就帮着叫好。一般下午到天黑最热闹，不少人提前下班都来此“加班”。在这个世界最大的广场上，有花圈、诗词、纪念碑做背景道具，同时上演着几百台戏。差不多所有戏的表面主题都是悼念周总理，而深意则有人们对现实的极端不满，对一小撮人的愤慨。有趣的是，你以为你是来看戏的，但你看着看着听着听着也被触动，想起他妈的这次工资没给我涨，或想起单位操蛋的领导，或想起女朋友吹了是嫌我太穷，或想起看了几本外国小说就被点名批判，或想起妈的每月才供给半斤油根本不够，或想起他们尽骗人外国哪像他们说的那么不好，或想起老家的农村父兄越过越苦或想起……于是也大声抱怨几句，没想到旁边的人们让你再讲讲，于是你怒口再张，也成了这千百出戏中的一个角儿。广场上全是戏，人人连看带参与。

大部分演讲都是以周总理当个由头，然后直接诉苦，婉转批骂。也不是没有人流泪，也不是没有人切齿，但我敢说这些广大的普通百姓跟周恩来或者一小撮“男鬼女妖”的关系极远——对自身生活的极度不满才使人们把怨愤发泄在领导层的坏人身上，把悲伤系在对一个故人的悼念上。通过个别人的演讲、少数人的诗词，我确实看到了潜藏的民主精英、文学精英。大广场上，有人在玩革命，有人在玩文艺，广大老百姓都是跟着玩热闹的——这是连续几天的节日呀，最高潮的时刻是4月5日——它已不是清明节所能概括：不是清冷，而是热闹，不仅明亮，而且晃眼。

4月5日早上6点多我又在长安街的1路中山公园站下了车，去广场转一圈。突见一夜之间，广场的几万个花圈荡然无存，连柏丛上扎的小白花也不见了，纪念碑上干净冷清，围了一层工人民兵和两层士兵。人们传递消息：昨夜动用了公安和工人民兵清场，运走了所有花圈，驱赶群众并抓走了一些人，军人作为二线在劳动人民文化宫和中山公园中待命后援；大部分花圈拉到郊外烧了，少部分花圈可能在人民大会堂的地下室里，被抓的人关在旁边的红楼中。不少人质问警戒的军人甚至讽骂他们，对方不语，只是挽成人墙不让群众靠近纪念碑。

我决定当天上班迟到一两个小时，大约早晨7点多，一队中学生扛着一个普通的花圈近前却被阻住，群众开始起哄、呼喊、冲挤，军人的人墙一下就破了。人们欢呼着、簇拥着那个唯一的花圈涌上了纪念碑的台阶。我看见那些士兵，整好队撤向小楼方向。

那花圈很普通，摆在浮雕前很不显眼。有人喊：放到浮雕上面去。浮雕顶的平台距地面有两三米高，根本举不上去。我就用攀岩的动作，连勾扒带悬体援撑，爬到了浮雕顶的平台，又哈腰接住底下人递上的花圈。花圈摆正后，底下一片掌声、欢呼声，此时不少相机冲着花圈以及鄙人嚓嚓直响。我当时有些提刀四顾、踌躇满志的感觉，但也意识到这回风头出大了，肯定被“雷子”拍下来了。不过我还从没站到过纪念碑的半腰上，在这里看天安门似乎并不那么大，而底下的人群都变小了。略愧的是，刚才攀爬时，不得已我一只脚踩在了浮雕中烈士像的肩上。

上去容易下来难，一是看不见下面的落脚点，二是有倒锥度，我手摽着平台的沿儿，腿脚在半空打晃，自然有大家的手接住了我。

有人又开始在纪念碑的基台上演讲，口气猛于以前，但仍没有直点人名。这时有一个穿便服的人很强硬地干涉，说：清理花圈是市委的指示；清明节是鬼节，要反迷信；你们受了坏人的骗；马上离开。这人 30 岁左右，面目端正，他左右还有几个人跟护着。人群中有人喊：打丫的！于是真有人揪打他，但都没有下狠手，他被随从护着撤出了纪念碑。

我觉得我该去上班了。这几天工厂盯得也紧，一律不准请假，晚去一两个小时工友还能替我搪塞。再就是我刚才在纪念碑半腰上“亮相”也太过分了，多半是被人拍了照，真要被抓起来也挺讨厌的——传说这几天抓了好几十人呢，公安局里可是不好玩的。

可是我真舍不得走呵，好戏才开场，哥们儿刚刚进入角色，加上好胜心又敦促我：你想当逃兵吗？跌份儿！侥幸心提醒我：哪儿就那么轻易轮到抓你！这天早上我穿的是一件劳动布的干净工作服，很肥的制服裤，高帮白回力球鞋。就算他们拍了我，我若去换一件衣服再潜回广场，并且不再出风头而纯是看热闹，不就安全了吗？我决定去虎坊桥一带的工友张凯来家乔装一下，我有他家的钥匙。

傻不是罪

“文革”后期那几年，北京年轻人恋爱也有俗传的三部曲：中山公园见个面，昆明湖里划划船，香山的树林里通通电。

有人从我的父辈和我的少年履历中找出我有政治抱负。的确，我父亲在“文革”中当过造反派的头，权倾一时，可他没给我家带来什么实惠，他是一心跟党走的纯粹的共产党员。我觉得他傻、轴，最终没捞到好果子吃，他给我留下的只是前车之鉴。我自己在小学五六年级（1968 年）曾被评为海淀区小学生唯一的“活学活用毛著积极分子”，与全区一百多大人一道开讲用会。因为那时我比雷锋还雷，比焦裕禄还焦。我也傻，我也轴。据说当时全海淀区学生上课时右手捧语录贴在胸前就是由当时“有色小学”（现羊坊店四小）推广开的，而我是这个小学做这个动作的始作俑者。

傻不是罪，是成长的过程。1971 年前后，我随父母到云南蒙自草坝冶金部五七干校待了一年多，半农半读，放牛采桑，抗洪割稻，挺好玩的。但也犯过不少傻：从门缝窥视邻居女孩时被她爸放在门口的鱼钩钩住了手指，因洗澡时第一次勃起而郁闷了很长时间，发洪水时跳进急流逞能表演，不敢吃赤脚兽医煮熟酱好送我的猪睾丸；在谷场摸黑偷花生米吃，吃了一粒干猫屎；被男青年欺负不敢还手，只是一把鼻涕一把眼泪漫骂；盖房时抢挑水泥重担只为博得喝彩。

等我回到北京玉渊潭中学读初三时就不那么傻了，觉得学习好玩，是智力游戏，每次考试总是班里前两名。尤其觉得作文有创造的快乐——语文课代表是我。1972 年初中毕业时，我们班大部分同学都去了昌平插队，老师希望我上高中（1971 年和 1972 年上高中的都是学习尖子），我却非要去工厂，觉得当工人好玩。

学徒三年，为了讨好我的师父而多得传艺，我去农村替他养花找马掌；琢磨铣床结构，趁下班没人偷偷拆开铣床却折腾到夜里也没能再原样装好；苦练扁铲手艺（以锤击凿而铲削金属），故意不戴手套将左手打得疤上叠疤；为练出用刮刀刮出漂亮的金属花纹，将胯骨顶出了一个长年不消的大包；以学技术为乐，是技术课就上，也买了不少技术书籍。

那时一点儿不关心政治，觉得政治是一种非常奇怪的东西。厂里每周都有半天政治学习，无非就是听政治报告，领会中央的精神，表决心跟着党走——报上的极左语言谁都会说，根本不用过脑子。1975 年夏秋，社会上因毛泽东的指示开始评《水浒》，我们当然不明白，宋江被招安就被招安，架空晁盖就架空，这和我们有啥关系？魏师傅明白，他说中央又要整人了，毛泽东善于借古说今。

1975 年初，被打倒 9 年的邓小平复出，担任了军委副主席、中央副主席以及第一副总理，搞了一系列整顿，首当其冲的便是铁路运输。给人的感觉是中国要好好搞经济建设了，“文化大革命”该转成经济大革命了。当然好呀，人民的生活水平也该提高一下了。那时的北京还实行粮油供给制：每月油半斤，蛋一斤，肉一斤，男性成人粮 32 斤。每到月初都去粮店领一小把粮票油票蛋票等，我们当工人的每月还补助 4 斤粮票。

可我们不懂中央又怎么了？邓小平抓经济建设好好的，到了 1975 年 4 月张春桥又发表《论对资产阶级的全面专政》的文章，魏师傅告诉我那意思就是针对邓小平和周恩来的。到了这年的 11 月，迟群、谢静宜把持的清华大学已出现受人指使的“批邓、反击右倾翻案风”的大字报。虽然那几年的口号是“工人阶级领导一切”，比如北大、清华等高校的最高领导都是驻校的“工人毛泽东思想宣传队”（工宣队），可我们小工人哪明白上层的那些事，只是朴素地希望生活好起来，中国强起来。

1975 年时，我已出徒，是一级钳工，月挣三十四元五角，刚好十九岁。虽然还在“文革”当中，在红色政治笼罩下，工厂的政治气氛也浓，但我们一帮青工除了干活，也干些别的好玩的事，正是好玩的年龄，精力太充沛了。我厂地处农村，边上就是朝阳区的洼里公社，厂里有时也组织工人帮生产队干些农活。有一次干完活后，我们随生产队开一个批判小会，内容是批判一个乱搞男女关系的妇女。那女的长得是挺媚的，据说与旁边六建公司的一个男人勾搭成奸，且得到不少实惠。我特别想听到成奸的细节，但批判稿仅是口号式的“资产阶级生活方式”“向往糜烂的外国”“好吃懒做”等。

我们厂里还有两个戴着帽子的历史反革命，我对他俩特别感兴趣。一个在机加车间，矮胖大肚，近60岁，解放前是一家小工厂的厂长。我喜欢听他讲喝酒的事：大热天用凉水将啤酒冲一两个小时，权当冰镇，然后从天黑喝到夜深。去双合盛买过了保质期、一毛钱一瓶的啤酒，一人一晚上能喝一箱，还有什么日本口味的北啤、德国口味的双合盛，我从他那里得到关于酒的启蒙。还有一个姓陈的就在我们车间，60岁，是投诚延安的国民党空军机械师，听他讲历史更好玩。当年在延安他常见到毛泽东、周恩来以及江青，说他参加过训练我国第一批飞行员的工作，在延安就相当于师长的待遇，“文革”以前如何吃遍北京的“八大楼”。他说话多少有吹牛的成分，不过他技术是不错，很多疑难活都能出个有效的主意。他教过我如何将一根钢丝绳利用自压互锁原理编成吊绳，如何用杠杆原理让三角刮刀用起来最省劲。因他是“历史反革命”，除了车间的工作，还须每天打扫厕所。别人对他都直呼其名，我却叫他陈师傅，因为我觉得他有本事。他长得也精神，太太像个贵族——我去过他宣武区的家，房子很小，大房子被没收了。

我走路快而步伐大，工友给我起了外号叫“大踏”（沿用至今），有的也叫我“小布衫”。那时我身体极好，相貌也不赖，便有朱师傅牛师傅夫妻俩给我介绍一个机加车间姓花的姑娘。那姑娘白而丰满，但我见了她一点都不激动，反而别扭。我俩在故宫的御花园里约会时，我吃了一个她给我买的果子面包（很贵的一种，约三两，六七毛钱，而普通面包只要一毛钱加二两粮票），摸了一下她的小胖手，就不知道该说啥干啥了——以前满脑子的淫秽思想都跑没了。“文革”后期那几年，北京年轻人恋爱也有俗传的三部曲：中山公园见个面，昆明湖里划划船，香山的树林里通通电（香山公园的密林中的确尽是用剩的报纸和避孕套）。那时婚前性行为被人看不起，至于已婚者通奸是要冒着“流氓坏分子”以及被劳教的危险的。我连抱都没抱过那个姓花的姑娘，我们就吹了，后来她嫁给了一个老三届的李师傅。

工人大多粗俗。比如中午在没女性的地方扒光一工友的裤子，并在他的那儿抹上紫色（为零件画线用的涂料，很不好洗，除非用汽油），比如在澡堂开一些下流的同性恋玩笑，比如给厂子里的几大阳具排了前三名（我的张师傅恭列其中）。厂子里每月都得出些骚事儿，严重的有因乱搞判劳教的，次要的被保卫科长叫去谈话，也会从此抬不起头。一个姓马的青工，人很好，帅，会踢球会唱歌，因为在公共汽车上用那东西顶了某女性，被处分并得外号“马老顶”。车队的一女司机因奸情被罚去做粗工。我们厂的保卫科长，个矮，大肉眼，满脸男女关系相——可能是职业爱好造成的。他特爱在厂子的旮旯寻找人家遗下的避孕套，且津津有味地拎着，对侦破有着非凡的兴趣。被他处理过的人都烦他，说是他不断地重复追问细节。

还有一个程师傅对我也好，他每晚都自学大学的数理化教材。他叫上他的厂外哥们儿，一个学美术出身却只能设计纽扣的杜，一个学武术出身的张。我们四人在颐和园划船、野餐，又郊游至十渡（70 年代那儿没开发旅游）。他们对现实非常不满，我没想到他们敢直接骂政府，说中国的经济快完蛋了，要是没有“文革”他们肯定上大学了。他们得到的小道消息是：毛已经病重，经常犯糊涂（1975 年下半年），周没什么实权，邓可能还得下台，掌权的是江青、张春桥等人，不少毛泽东的话都是其侄子毛远新转传出的。我们也乱谈了理想，程说的是要自修完大学理工科以后搞科学发明，杜说要坚持画油画画出伟大的作品，张是要争取游遍中国，我是要游山玩水并且写作。虽然我们看不到明亮的出路，发发牢骚，骂骂现实，但谁也没有与当局对着干的胆量和兴趣。“现行反革命”可不得了，说被毙就被毙呀。

还我战友，还我花圈

中午快到了，我离不离开广场呢？算了，破罐子破摔吧，再说法不责众，那么多人“闹事”，凭啥只抓我？

我赶到住在虎坊桥的工友张凯来家换上一件浅灰的夹克，想想刚才攀爬纪念碑放置花圈的行动，稍有点后怕，决定再返广场后只当看客，绝不当角儿。可我一来到天安门那节日的广场，肾上腺素又活跃了。凑近纪念碑，就有人认出我：都在找你呢，你干吗去了——嘿，你换了件衣服。我说：刚去吃早点了。我又和刚才几个爱挑头的汇在一起，望着激动的人群我脑子一热，就高呼口号：打倒法西斯！悼念总理无罪！人民万岁！镇压群众没有好下场！我练过美声和朗诵，别的领呼口号者的声音没我的响亮，所以从虚荣心的角度说，随着我喊口号的人最多。有人喊：唱《国际歌》吧。我起了头。我头一次起这个歌的头，自己的血先小沸了。又有人喊：让我们走向天安门。反正稀里糊涂，我成了第一排中的人。

开始时第一排很宽，至少有二三十人，后来越走越窄——可能有人忌讳前面老有人拍照。快走到国旗时，第一排仅剩十几个人。我在偏左侧一些，我的左手挽着一个女青年——她个不高，手臂软软的，感觉真好，我都能感觉到她腋下的热气。我的右侧挽着的是最能“煽风点火”后来也是谈判代表的王维衍。我们的前面总是有黑洞洞的镜头——就算有公安局的又怎么了，让你们丫照个够——那镜头变成枪口又怎么样啦，让你们丫开枪吧。当时我心里疯疯狂狂，必死的决心油然而生。

可就快接近国旗时，《国际歌》唱完了，并且已经多唱了好几段，我们这群昂首挽臂挺进如敢死队的人忽然不知干什么好。因为没有公安和民兵阻拦我们——没有反作用力也就没有作用力，因为我们也不知要到国旗下干吗，可能这就是集体无意识吧。我们几排人尤其是第一排的人还在尴尬中，忽听有人喊：去大会堂找花圈。于是就散了队形，一窝蜂地奔向人民大会堂东门。

大约已经 10 点半了，上午的班肯定赶不上了，但我在广场上再玩一个小时也能保证下午的班不迟到。

刚才又有不少人给我照了相。“四五事件”平反后，我应人民日报社王编辑之邀，去报社看“四五事件”的照片，看到当时我们手挽手、大张着嘴挺进国旗的那张照片，其中在左侧的我歪着头挺着胸爹着头发，一副反动样，随后我又在中国美术馆的展览上看到了这张放大的照片。

这几天来广场的老泡都知道广场上有不少便衣专门盯梢，并在对象离开广场后将其扭进公安车中。我的胆子忽大忽小，虚荣时大，静思时小。我在走向大会堂的途中，也不断打量有没有使劲打量我的人，可我哪学过反侦察呀，根本看不出谁是“雷子”[1]。

这天广场上人少多了，也因各单位紧急传达不许职工去天安门广场。估计前一天广场同时有百万人，总人次达到二百万，花圈就有三万多。广场上各种消息仍在流传，什么邓小平昨天也来广场了，什么昨晚清场也是老华（华国锋，时任国务院代总理）的主意，他说坏人跳出来了；什么吴德（时任北京市委书记兼市长）说天安门广场发生的事情是邓小平准备好的“反革命政变”。在中国，不少上层领导的新动态一夜就能传入市井——中国人是一个爱传递隐秘消息的种群。

中午快到了，我离不离开广场呢？算了，破罐子破摔吧，再说法不责众，那么多人“闹事”，凭啥只抓我？我又没喊打倒谁的口号，我是来悼念周总理的，我也没喊拥护邓小平。

我随着人群拥向了人民大会堂东门的半地下室门口，但被

① “雷子”，老北京语，指警察。——编者注

层层士兵人墙阻住。士兵也手无寸铁，却挽起臂膀，死命抵挡着人群拱动式的冲击。士兵们啥也不说，有当官的说这里真的没有花圈。人群是有些像乌合之众，至少不是“有组织有预谋的”。有一个中年人因说不应冲击大会堂便被几个人拳打脚踢，直到他喊冤说我也是来悼念周总理的，才得以摆脱。打他的人一看就是“胡同串子”②。

这时候有人掏出了一首诗，又将手提喇叭递给我，我就念了这首二三十行的《告工农子弟兵》。诗的大意是：工农子弟兵，请你们倾耳听，你们吃的穿的都来自工农，你们的枪口不应对着工农，你们应分清敌我。这诗节奏、用词、韵脚都不讲究，我念着念着觉得不太来劲，因为它比这些日子天安门诗抄的优秀诗词逊色不少。

但它的效果好，激起人群欢呼，怂恿着人更起劲地对士兵起哄。由于用力抵挡人群的冲拱，大多数战士的脸都流着汗水，他们的胳膊互相挽得死死的，估计也是在执行命令：誓死保卫大会堂，一定不能让坏人冲进来。而群众的行为肯定不是在执行什么命令，也没有什么组织，胡乱有个什么说法，就会一呼百应。比如，又有人喊了一嗓子：花圈都藏在历史博物馆里。于是人群呼啦啦地就退下了人民大会堂台阶，拥向历史博物馆

② “胡同串子”是老北京语，原意指嫖客，后指整天游手好闲的人，一早起来奔茶馆，到了中午出了茶馆入饭馆，下午又去澡堂子，晚上串胡同逛窑子。——编者注

的西门。

我记不清历史博物馆门前有没有人墙，如果有也不如人民大会堂门前那样铜墙铁壁。人群上到了门前的台阶，这时历史博物馆的工作人员出来干涉，一个女同志大喊：同志们，你们这是要干什么，这里面都是国家财产，都是重要的文物，里面没有花圈，你们冲进去只能使国家遭受损失。那个女同志的确义正词严，又急赤白脸，仿佛她身后就是自家的财产。人群竟不再往前冲了，却步了，后退了。也因为有人喊：走，我们去小红楼，那里有我们被抓的战友和花圈。

嗷，嗷，人群躁动着呼喊着往历史博物馆西侧偏南的小红楼涌去。广场上的小道消息早就传出：北京市公安局长刘传新常来这儿坐镇，首都工人民兵的总头马小六、王洪文几天前也来这儿视察过，江青、张春桥经常在人民大会堂的平台顶观望广场的动静。

我觉得差不多该走了，好歹下午在厂里露个面，否则算旷工就麻烦了。可是不知不觉，侯玉良、王维衍等几个爱领事的人总是在我左右，并且人群好像都跟着我们呀。这时候我不可能说：我该去上班了，小红楼我不去了。我自知小红楼是最不应该冲的，我操，那是人家武装力量的司令部，里面可不是吃素的。

亮出我的青春大白嗓

对邓小平，我个人没什么恩怨，他离我太远了，我夸他骂他都可忽略不计吧。不料有几句歌词让我领唱，我略不情愿。

报刊电台点名、正式开始“批邓、反击右倾翻案风”是在1976年的2月。各机关企业除了学习报纸、开批邓的会、出批邓的宣传栏，还搞一些文艺活动造势。当时社会上批邓的歌曲、漫画，像雨后的蘑菇，我所在的特艺总公司要搞一台批邓歌曲的比赛。

我们厂子有一个文艺宣传队。从我一进厂起，就发现有一帮漂亮男女时不时在食堂吹拉弹唱地排演节目。搞文艺的姑娘总是比普通女工更多风情，关键是有时他们还脱产排练，我们一身臭汗地在跟钢铁较劲，他们却借着剧情轻歌曼舞打情骂俏。我总是找各种借口路过食堂，心说咱什么时候也混进去。我后来斗胆问他们还要不要人，他们说要会乐器的，唱歌的不要。宣传队的乐队配置比较乱，笛子与小提琴比翼齐飞，手风琴与二胡秋水一色。

我们厂子有好几个爱唱歌的，但都是被人耻笑的角色。一个是东北兵团转回的，外号叫大老壮，长一脸青春疙瘩。一般是午饭后，我们用工作台的木桌当个小舞台，大家就鼓掌起哄让他唱。他好像不明白大家的讽意，每每无限陶醉地唱起俄苏老歌——感情大于音准。“文革”后期的 1975 年、1976 年，文艺管制已经比较松动，老百姓私下唱唱《山楂树》《莫斯科郊外的晚上》等外国歌，已不会因“黄色歌曲”而被举报。还有一个龙门刨车间的师傅，爱早来晚走，工余在车间唱。他唱中音，音准没问题，但声音较傻。别人都悄悄问：他是不是有病。还有一个是食堂的小胖子，一般在晚间车间里没人时喊唱。他喜欢唱高音，硬往上唱。他也是满脸的青春痘，没对象就弄青春歌曲呗。

我也爱唱，属青春大白嗓，当时决心学李双江的《我爱五指山，我爱万泉河》，唱的时候将五指山和万泉河各想成我厂的两个漂亮女工。我的一个哥们儿赵岍（我们一个小学、中学，也当过邻居，进厂后一起旅行的老友）帮我介绍了一个总政歌舞团的男高音教我。我每次骑车去他在龙潭湖的家学声乐，挺努力，也因他有两个闺女，大的正上高中且清纯大方。大概学了两三个月，大闺女毕业找了工作交了男朋友，我就不再去老师家学了，那老师教我的一首歌叫《我为祖国守大桥》。

后来我还跟厂子里检验科的一个师傅学过《沂蒙颂》，他以前在内蒙古歌舞团唱过。“文革”期间，因江青好文艺，除专业文艺团体，各个基层都有毛泽东思想文艺宣传队，而文艺宣传队员因可减少撅着屁股干活的时间而惹大家羡慕。国家指定的歌舞虽然突出政治，但毕竟音乐和舞蹈必然的美感，还是给单调生活、极左社会的人民带来一定的享受。

我因唱歌授人以柄的是，我与厂里那个“男中音”去考北京歌舞团合唱团。本来我也没想考，是得到消息的工友撺掇我——他们肯定是想看笑话。我竟不知天高地厚地去了，唱了首《松花江上》，考的时候还有钢琴伴奏呢。然后半个月内，就总有工友坏笑着来问：录取通知到了吧。我只能说句粗话回答。

因“批邓”需要，上级布置下来要搞“批邓歌咏比赛”，于是我成了厂宣传队的临时演员。脱产练歌，与一群咿咿呀呀的文艺男女在一起，比在车间使锤弄钳美妙多了。学唱的有一首歌内容大意是说邓小平搞“右倾”翻案，想当纳吉（匈牙利“反革命”事件中的主角，可一般老百姓谁知道呢），我们革命群众绝不答应。这歌基本没什么艺术性，但唱歌就是比干活好，我好似抱着偷懒、凑热闹参加练歌的。而对邓小平，我个人没什么恩怨，他离我太远了，我夸他骂他都可忽略不计吧。不料有几句歌词让我领唱，我略不情愿。

这种政治破歌让我打头，真是讽刺。比赛是在两个地方举行的，较大的地方是天桥的万盛剧场（现在好像没了）。那天我们还化了妆呢，有生头一遭。一个唱歌的女工帮我画眉涂粉，她嘴中的热气呼呼吹在我脸上——值了，我就豁出去领唱。第一次登上正式舞台，灯光晃我眼，台下黑压压，我还真不太适应。

去联合指挥部的红楼谈判

为什么我这种爱美人胜过爱革命、爱玩闹胜过爱政治的混混儿占据了一个宝贵的谈判代表名额呢?

1976年4月5日的中午，广场上的部分群众都聚集到了天安门广场东南角的一所三层红砖楼前，楼内即是军队、警察、民兵的广场联合指挥部。楼门前，围了至少三层士兵，均未佩武器。士兵们手挽着手，抵挡着潮涌般的人群。

4月5日中午，小楼前挤满了人，一些上午在广场上比较活跃的年轻人，挤在人群的最前列。人们高喊着口号：还我花圈，还我战友！

士兵的后面有当官的用手提喇叭不停地解释和警告：小楼里没有花圈，也没有你们要找的人；不要受坏人挑唆冲击营房；请大家回去抓革命、促生产；再往前冲后果要自己负责。但人群只有一句唇嘴不对的回语：还我花圈！还我战友！也有人喊：

人就是被抓到你们这儿的，花圈也藏在这儿。军人的喇叭和人群的齐声一直在对喊，并且人群对士兵身体围墙的拱劲儿正逐步加大。

也有人喊：大家不要乱，要文斗不要武斗，我们派代表跟他们谈判。于是人群一遍遍地齐喊：我们要谈判！我们要谈判！人群里的确有人故意冲撞战士，而战士仍是手挽手地不松人墙，也不说话。没想到，过了十多分钟，对方竟同意谈判了，还让我们选出五人作为谈判代表。我因站在前列，加上个头也高，像是会打架，并且之前在人民大会堂前、纪念碑前多有领呼口号、宣诵诗歌《告子弟兵书》等出风头举动，便也被选为谈判代表。

五人被人群七嘴八舌地选出，北京化工学院学生陈子明、北京棉麻纺织厂工人王维衍、北京八十六中学生孙庆柱、侯玉良以及特艺机械修造厂工人赵世坚——就是我本人。陈中等个，瘦脸略白，戴眼镜，言语不多。王瘦方脸，薄唇，爱说。侯面红褐，大眼，爱出主意。进小楼前我们五个也没分工，也没合议，仓促上阵。进小楼前，有人喊：一个小时你们不出来，我们就冲。

除小楼外的几层士兵人墙，小楼大门的过道里也塞满了士兵，根本挤不进去。也不知谁喊：从上面过去。我们五人就爬上了士兵们的肩膀，爬了好几米长的“肩膀走廊”后脚才着地。

小楼里没什么特殊，除军人就是穿便衣的。广场上的人群大都知道，这几天在广场上被抓的群众有不少都是被扭送到这里的。

我们上到二层，被引进一间像是办公室的房间。我们好像都不会谈判，暂时也不知跟谁说，那就先喊着一成不变的口号：还我战友，还我花圈。我口渴，又加喊了一句：给我拿水来喝！几个战士立刻去接来了几搪瓷缸的凉开水。我们一饮而尽，跟“临行喝妈一碗酒”似的。

一会儿进来一位没戴领章帽徽穿绿军衣的人，高大，相俊，约 40 多岁。有军人介绍：这是我们的首长，你们有什么要求可以跟他谈。谈判时我基本没说什么话，只是偶尔冷场时说一句：还我战友！还我花圈！我们五人说话最多的是侯玉良和王维衍。他俩互补式地白活了一通悼念周总理无罪，为什么强行撤走花圈，为什么抓走悼念周总理的群众，花圈和被抓的人在哪儿，立即交出来，否则革命群众坚决不答应云云。

那位军人口气和缓，措辞不卑不亢，说：你们悼念总理的心情我们可以理解；你们不要受坏人挑唆上当；花圈不在这小楼，我不知道在哪儿；我们抓的只是极个别的坏人，他们也没有关在这里，关在哪儿我不知道；你们应劝广大群众退回去，离开广场，回到工作岗位。因为我们也是车轱辘话来回说，这位首长也不得不重复了好几遍他的话。

大约谈了 20 多分钟，楼下传来更强的群众呼声，有一句的意思是要我们到窗口来，估计是想知道谈判结果和我们是否被铸起来了。我们来到窗口，有人向窗外的人群呼喊：我们很安全，他们耍赖，说不知花圈和战友在哪儿，你们别着急，我们要跟他们继续谈。

继续谈，没什么新鲜，加上窗外人群高喊着让我们回去。我们稀里糊涂地下到一楼又爬过众战士的肩膀，回到人群中，并告诉大家：他们拒不交出花圈和我们的战友，谈判失败。人群中有人说：你们回来了就好，我们担心你们五人也会被扣起来。当时广场中央有辆上海牌小轿车，顶着四个大喇叭，是广播车，被人群围住，更多的人向那儿蜂拥，我们谈判小组就散了，也随人群去了广场中央。

我后来一直纳闷：参加“四五事件”那些有头脑有组织能力的精英呢，关键的时候他们应该组织一个有能力的谈判小组，哪能让我这样爱美人胜过爱革命、爱玩闹胜过爱玩政治的混混儿占据了一个宝贵的谈判代表名额呢？我觉得我们五人，基本算群众在混乱中即兴凑起的谈判代表。当我稀里马虎成了谈判代表时，心里有些空白——这是怎么了？我？代表大家去跟当局谈判？我操！

午后两点多，我们五个代表在小红楼与当局代表的谈判毫无结果，就半卑半亢地离开了小楼。这时广场上的焦点转到了国旗南侧的广播车，那辆小车内有一个女广播员。人群围拥着那车使之不能动弹，有人开始用手拍打车厢和玻璃，也有人喊：把广播车掀了。

我觉得大势不好，着实要闹事了。我是该撤了，莫名其妙地当上谈判代表，已够有了枪打的出头鸟资格，再待在要对广播车采取暴力的人群中，那就像被“立即执行”一样危险呀。就算我干了反革命的事，我也不愿当“反革命分子”。凭着基本的正义感来广场，后来发展到出出风头、泄泄青春之火，绝没想以鸡蛋碰石头。

我走的时候，人群已经哼唷哼唷喊着号子掀那辆广播车了，时间约是午后两点。3 点左右，我悄悄进了车间，赶紧换了工作服。

玩大了就不好玩了

还没有结过婚就被判刑有些冤，祖国的好些地方我还没玩过呢。

我所在的钳工四组组长赵立煌师傅，悄悄问我是不是又去广场了，见我点头后，他又说：这几天考勤查得严，你现在是顶风作案呀。他拿出考勤表，在 4 月 5 日我的名字下画了一个“√”表示全勤，连迟到也没有。赵师傅也是老三届的，人憨厚，技术好，对我没的说。他是那种好好干活过日子的人，即便去广场也是溜边而过，绝不会参与闹事。

魏道凝师傅过来问了我今天广场上的情况，我说了冲击大会堂、小楼谈判、掀政府的广播车后，他说这事闹大了，肯定还要抓更多的人。他又问了我在广场的行为，一脸严肃地说：麻烦了，估计你也跑不了，你百分之百被他们拍了照。他看赵师傅为我画了全勤，又对我说：无论有谁问你，你就一口咬定

4 月 5 日一早就来厂子上班了。

我出徒后开始跟着魏师傅干。厂里人都知魏师傅有才，长得也帅。他留着无缝大背头，皮鞋总是很干净，裤子裁得很瘦。我每天跟着他躲在更衣室里（有时车间主任查男更衣室我们就到女更衣室）练自制的哑铃——那是我的胸大肌最高的一年。他娶了一个著名的舞蹈演员陈爱莲，我常去他家玩，听音乐胶木唱片，看他挥毫写诗。

魏师傅对我影响很大。我刚进厂时他还戴着“反革命”的帽子，后来我才知道，他爷爷是原国民党政府驻菲律宾的大使，他本人是因为言论被戴上帽子的。跟魏师傅学了不少钳工技术是次要的，我与他接触到 1976 年的时候，他的不经意言说，已经让我在理想的选项中排除了很多。

当年的口号是“工人阶级领导一切”，那我争取当一名最优秀的工人比如车间主任好啦。魏借毛主席的话告诉我说：不是工人阶级领导一切，是党领导一切；枪杆子里面出政权。他也跟我说过类似的话：就算你当了这个厂的厂长，产值翻了番，最大头的钱也都归党；就算你立志搞工业，慢慢干活爬上去太难，可是你又不可能去上大学。

那时我还喜欢文学呢。中学时代我作文总是第一，刚进厂时我还为诗赛写过一首《理想之歌》呢。魏师傅又否了我，他说过这样的意思：你看看现在出版的那些书、上演的那些电影，你觉得真实吗？真实的文学在外国、在古代，你写一个咱们厂的真实故事，文学水平再高也没人给你发表。

那时我也喜欢旅行，想游遍名山大川。魏师傅也断断续续地堵了我：你节衣缩食，饿得跟叫花子似的游览漓江美景（确有其事），这协调吗？旅游，要不以某种职业之便，要不你就是当官的。

魏师傅书法绘画诗词拳击摔跤足篮球都不错。他见我爱练行书，就送了我黄庭坚《墨竹赋》和《读书乐》的原拓；见我爱读古文，就给我讲竹林七贤的诗文，还说名士精神他最欣赏。我也问过他，我到底应该追求什么。他从没正面回答过，只说别着急，多学本事，艺不压身，高高兴兴活着最重要，文学艺术是迷人的世界。

魏师傅怀才不遇不算，反而受迫害，家里也被造过反。当我们从师徒成为好友后，我也问过他：那你怎么办，就这么窝窝囊囊地活着？他很认真地这样说：无产阶级专政铁拳的滋味可不好受，鸡蛋不能碰石头，我知足我常乐。

“四五事件”的前几天，因为我天天往广场上跑，还填了一首很工整的《西江月》挂在纪念碑旁，他知道后劝过我：远远地看看就得了，别再贴诗了，中国的公安局可不是好惹的，等你挨揍或被关起来的时候，你会觉得人生很灰暗。我解释广场上很好玩很痛快，他说：玩大了就不好玩了，你不知道 1957

年的“反右运动”。

我们厂是 4 点 40 分下班。一小时后我又来到广场，见人不如白天多了，而成队的民兵已集结在广场四周。我听说了我下午离开广场后的事情：把政府的广播车掀翻了，还烧了那汽车的轮子；联合指挥部小楼那边也有人纵火后被战士扑灭，没有什么太大的暴力事情。广场上的人有不少正撤出，到处都有消息在传播：今晚他们肯定会动手。

我没有久留，坐车去了陶然亭边上的魏师傅家。魏备好了酒菜，仿佛要送别我似的。碰杯之后，魏表示，我百分之九十逃不掉，但没参与打砸烧不会被判重刑。他又教我被抓之后要坚决表示是为了悼念周总理去的广场，不要否认在广场上的行为，因为年轻，底儿又不潮，有可能会被政府认为是出于悼念周的感情而做了错事的单纯青年。

我问：估计会判几年。魏说：这事还得看政府怎么定性，但你是谈判代表，怎么也得判个八年十年。魏师傅也觉得奇怪，看不出我有多大的政治热情，怎么还成了广场第一线的人了。我回答：我也不知怎么搞的，脑子一热，就跟着玩进去了。后悔也没用，爱怎么着就怎么着吧。那晚喝得晕乎乎，睡得还不错。

4 月 6 日上午，我直接去工厂。所有人都在议论昨晚广场发生的事情，拼凑起来信息大致是：晚上 6 点多，广场上广播北京市长吴德的讲话，主要内容是现在广场有坏人进行破坏、搞反革命活动，广大群众应该迅速离开；晚上 9 点多，广场上的灯光全部亮起，成千上万的工人、民兵和警察以木棍和皮鞋殴打留在广场上的群众，并抓走几百人；卫戍区的部队都待在中山公园、劳动人民文化宫待命；昨夜在广场以外也抓走了一些“闹事者”。几年后看到资料说：当天江青、张春桥等在人民大会堂观察广场事态，6 点 30 分广播吴德的讲话，动用一万多民兵、三千警察，在广场抓走 388 人，五个营的军人在广场附近待命。

这一天，我心里三分之一忐忑、三分之二懵懂，心说听天由命吧。赵师傅和魏师傅都悄悄对我说：你不用干活了，歇着吧。他们是好意，我却觉得不那么吉祥，好像我享福的日子没几天了。

一天平安无事，魏师傅告诉我：他们要查找照片上的人得费几天的工夫。当晚魏、赵、朱等师傅又请我吃饭，明显像是临刑餐嘛，那晚喝酒都挺严肃的。我说：还没有结过婚就被判刑有些冤，祖国的好些地方我还没玩过呢。

1976 年 4 月 7 日，电台和报纸传来惊人的消息，“天安门事件”被定性为“反革命暴乱”，事件的后台是邓小平，中央决定，撤销邓的党内党外一切职务，对暴乱分子采取了无产阶级革命措施，准备清查参加暴乱的“反革命分子”。

定性“暴乱”是我没想到的，“四五事件”连累了邓小平我觉得很遗憾。4 月 7 日，江青在人民大会堂宴请清理广场的民兵、公安代表，说是表彰他们粉碎了“反革命暴乱”。4 月 8 日《人民日报》发表文章《天安门事件说明什么》，把矛头指向邓小平，并号召全党全国继续批邓。

外面的世界真精彩，除了上班都愉快

到1976年时，我已不是纯洁的好青工了，心早飞到了工厂之外。

1972年底，我满心欢喜进工厂，没几年就兴趣渐消了。“工人阶级是领导阶级”我是不信了，就算工人阶级能领导一点什么，那么组成工人阶级的单个工人也只是干活的、给国家纳税的、生活水平低于干部的。

工人就是干活挣钱，养家糊口是第一位的，眼前的利益是重要的，谁不想多挣钱、早点长级。他们对于毛泽东和共产党的感情很朴素。那时我们厂子里也作忆苦思甜报告，车间的刘主任讲当年在三条石——天津工业的萌发地，“文革”期间成为资本家剥削工人的阶级教育典型基地，过春节厂子炖肉时故意水一开就兑凉水，反复四五次使炖出的肉极腻，他说资本家太坏太小气了。最初教我的张师傅也对我说过：你们现在学徒多幸福，上来就发16元工资（70年代白面一毛八分五一斤，玉米面一毛一，油每斤八毛五，肉八九毛，乘公共汽车一般五分到一毛，北京到上海的火车硬座票才二十几元），也不用给资本家倒尿桶、看小孩，也不挨打挨骂。新社会了嘛！大部分中老年工人，根本不关心政治，只是被动地随着风潮按着上级布置而人云亦云地反宋江投降派，“反邓、反右倾翻案”，反纳吉（他们没准以为匈牙利挨着美国呢），反天安门的暴乱分子。

我在工厂的后几年，已不爱钻研技术，更加关心起文艺来，学唱歌，练书法，填词赋诗，更是大量地阅读能借到的文学书籍——很多禁书和黄歌都是那时读学的。尤其对外国小说感兴趣，觉得任何一本外国小说中的生活都太有意思，也与中国当时的“极左”小说太不一样了。读司汤达、大仲马、雨果、托尔斯泰、莫泊桑、杰克·伦敦、普希金，一读就读到天亮。然后从小说中走出，穿上脏臭的工装去工厂，从天上落回地面。可怎么摆脱工厂的粗俗生活？我和几个有理想的青工谁都没有主意，只是朦胧地认为，得先学着，丰富自己，锻炼好身体，不定哪天就能干一番想干的事。

再说学本事也乐在其中，我开始正式学游泳了。我们厂子挨着的农机科学院有游泳池，夏天的时候，利用午饭时间或下班后，我们一帮青工去那儿游泳。我从小在玉渊潭附近长大，小学三年级就无师自通地偷偷学会了，但动作极土，只会蛤蟆蹦腿式及狗刨式。有一姓陈的青工在体校练过，我便跟他学蝶仰蛙三种泳姿。我练得狠，陈教得也到位，一个夏天下来，我蝶泳游得已经够出风头使了。因我们是外单位的，那游泳池收门票一毛。收钱的老头就堵在男更衣室的出口门边。我们发现他不收从女更衣室出来的任何人的钱。有时我们明确知道女更衣室没人时，就从这里逃票进入泳池。我们也搞过闹剧，男的穿上女式游泳衣，胸上塞两茶杯盖——那样子能把人笑死。可惜一跳水再等爬上岸来，那“乳房”已经垂落到肚子且一上一下。

9 月份，活少，我提前完成了这天的工作量，下午偷偷出厂，到三公里以外的北京航空学院去游泳，那儿的露天泳池一直开放到 10 月中旬。每次要去北航游泳时我都挺兴奋，因为有一个穿黄色游泳衣的姑娘游得和长得都好，她总是一口气游上半小时，上岸就走，表情似也说明“别跟我搭话”。那时我基本不会跟姑娘逗话，只能愣愣地看着这条美人鱼在水中逐水搏浪，在岸上匆匆走过时的勾魂腰身。

冬天时我跟魏师傅去厂子北边的水塘里学滑冰，因为不怕摔，我学得很快，魏师傅干脆把他那双旧刀球鞋送了我。鞋是 40 号，我脚 42 号，我把那很硬的鞋都撑大了，当然我的脚也是泡上加泡。有时溜出厂，骑车去四公里以外的北大未名湖滑冰。偶尔能赶上工农兵学员在上滑冰课，我也很注意老师的讲解示范。我滑得比大部分大学生要好，弯道时左脚外刃出刀，右腿摆过，左腿蹬直。我也仔细打量这些工农兵学员，差不多与我同龄，看不出比我聪明在哪儿。他们凭什么上大学呢？有的学生见我滑得不错，还问我是哪个系的——真是哪壶不开提哪壶。

冰刀刃磨秃了，我会自己磨，用自己做的磨冰刀架。钳工随手做个东西很容易，我小时动手能力就强，是我们宿舍大院做弹弓枪的第二名，在云南五七干校时我跟着劳改释放犯学做煤油炉，共做过十多个。进工厂当钳工后，除了组装机床、加工零件，我还跟张师傅学过传统的打铁、淬火。我给自己偷偷做过不少玩意儿，大号小号匕首、子弹壳做的钢笔、人体曲线的榔头、烟斗、铜锅等。我还做过组合式钢床架，瞒过传达室偷运出厂——干私活并且用公家的料这是要挨处分的。

到 1975 年秋冬，我出徒，也就在厂子活得较熟练了，放松，为所欲为。

食堂有人请假时，会派人帮厨，干些择菜、运煤、擦地等杂活。我帮过厨，知道好哥们儿买饭时多找人家一毛或八分的饭票。菜我们不负责打，最贵的菜总是由大掌勺、一个七十的老头打，米饭也有专人盛给递上。一样，我也被多找过饭票。

那时夜班补助三角，夜餐仅面汤和干粮。食堂的一个师傅原是礼花厂的，长得很精神，卷发连毛胡。他在夜餐打给我的面条总是多，一分钱咸菜给半盆。我厂的油漆工每月还多补助钱，尤其还补二两油。当时的花生油，凭票每斤八角五分，豆油八角一斤，菜籽油七角五一斤。腔骨两角四一斤，排骨三角八一斤，大骨七分一斤，肉皮两角一斤，小带鱼两角五一斤，大的三角八一斤，最难看的橡皮鱼一角一斤。动物饼干三角六一斤，红蛋糕六角一斤，白的七角多一斤。最次的红糖（像土）四角九分一斤，一般红糖六角多，白糖八角一分。白薯和玉米都是一斤粮票给五六斤，六七分钱一斤。冬贮大白菜，一级的也就不到三分一斤。

我一个月 34 元工资，个人花，还合适，但一次游泳我丢了一个月的工资。那天我没带泳裤，脱外裤穿着运动裤就跳下水游了。忽然一惊，我放在裤衩屁股兜的工资没了——肯定放在那儿，怕丢了才系在长裤内的。发动哥们儿几个找，又潜水去摸。又试一张钱，扔在水面上基本不沉，直接沉在水底基本不漂上来。那玉渊潭是活水，向东流。我走到最东头的水电站（上有毛泽东的题词），趴在过滤水草的栅边半天，叹口气，认倒霉吧。那一个月惨了。我没告诉家长，怕他们心疼病了。

有一阵我住厂宿舍。工厂有个足球队，我参加后先学守门，因老漏球，改后卫，还发了我一件编号 17 的足球衫。跟北京语言学院踢球时，我方有一个角球，队长让我们都集中在对方门前。我方开出角球，高高的，眼见向我们几个头落下，我一闭眼，就觉后脑“咚”晕了一下。我方欢呼，进了。

是我用后脑勺撞进的，赛后头也晕了半天。

我们厂的总工程师，姓王，是哈军工毕业的，略有地包天（下巴突兀）。专业没的说，身体、风度都好，肯定营养不错。他人随和，对我们诲而不倦，也允许我们随便进出他办公室。有人发现他每天中午必从抽屉拿出一个像中药丸的东西，嚼而吞咽。问他是什么，他笑笑说：中药，治胃的。每次吃毕他都锁好那抽屉。我们怀疑那东西，趁他一次没来得及锁，有人在二楼下故意喊他。趁他出门，我们找出一个铁盒取出那“中药”，光亮而硬，一吃知是杏仁巧克力。等他一回，我们说：我们也要吃“中药”。从此没见他在班上再吃过它。

我们厂的医务室有些不很贵的药，小病可以去开一些。自从我发现某师傅开的橘红丸很好吃，便也假说出须吃橘红丸的症状并点名要吃它。那药在药店卖四分一丸，有止咳润肺之效。我还让别的工友去开过。那药丸用蜜调制，好吃。也因我那时馋甜的东西，身体缺吧。

1976 年时我一米八一，才六十几公斤，明显缺肉。一顿吃“自来红”月饼（九分一块）需五六块。一次正月十五去魏师傅家吃元宵，我吃一斤（9 角），像吃饺子似的。有时穷过瘾，买一斤馒头，蘸半斤白糖吃完。

那时车间里有熟人结婚，大家也凑份子，关系最近的出十元，最少的也出两元。然后就可去吃婚宴。魏师傅的婚宴，请的厨子在一个房子大的朋友家做菜，鸡鸭鱼肉随便吃（没有虾），一个工友喝多了吐了一床，我还为他惋惜，心说你吐的时候也不滤着点，把酒吐出不就得了。

革命英雄吴运铎的儿子跟我一个组。他五官标准，身体很壮，因他屁股大，绰号大坠砣。他大大咧咧，不在乎工友的玩笑。我也曾感动于其父的《把一切献给党》，便问他些吴运铎的事。谁知他不在乎，说那都是过去的事，没什么可讲的。他足球踢得好，似乎以前在陕西少年队踢过。

结过婚的男工在一起往往开一些恶俗的玩笑。比如某个轴总也装不进那个轴孔里，有人就喊：让刚结婚的某某来，他熟，他天天练这种活。

到 1976 年时，我已不是纯洁的好青工了，心早飞到了工厂之外。从 1975 年刚一出徒每月有 34 元的工资起，我和青工赵岍就常结伴去旅游，像三峡、桂林、苏杭、泰山、普陀山、广州等初级旅游点都是那两年玩的。当时我们车间有互助会：一月缴纳 10 元，一次可以借 120 元。再就是平常攒钱。有一阵为了省钱，我不再住厂子，而是每天回家蹭饭，早晚吃足，午饭不吃。当然不能看别人吃午饭，而是去车间外面玩。那时带郊区车的月票是四元，曾有三个月我没买月票，而是天天蹭车，仅被查出过两回——跳车就跑。

我那时身体好，就算开出病假条也没人信，而事假是要扣钱的。我们去外地玩用的是“存休假”——累计加班的天数。为了攒“存休假”，我与赵岍尽量加班。厂子有时特损，活少时才让歇“存休假”。远在外地，难免会超假，只能打电报不管三七二十一地请假，回来必定挨批，就算给车间主任买些外地工艺品也没用。我们车间后来的王主任，是8级钳工，共产党员，铁面无私，管工人很严，没人敢跟他开玩笑。因他没孩子，大家暗称他王骡子。有一次借着他夸我活干得好，有人跟我打赌，我便将一条圆圈状的传动带，像套圈一样套在他脖上（我没想到那么准），他暴怒抡起那传动带就要抽我，终于只是骂了我一句浑蛋。其实他这人挺正的，也较理解年轻人。若干次我旅游误了归期，他说要给处分却始终没给，也因为我虽不爱干活，但只要干就干得很漂亮。

人只要出去旅行过几次就会上瘾。我与赵岍就是这样，总是在盘算能搞来的钱和考勤表上的“存休”，我们已决心把所有名胜古迹玩遍。没钱没“存休”时就只能在北京郊区瞎玩——兔子急了只能吃窝边草。我们背个气枪去沟崖，回不来露天坐一夜；翻山去妙峰山，可那时山上是一片废墟；去银山辽代古塔群，那儿没有游人；去团河（现麋鹿中心），只见一个破洼、一处碑亭；去上方山钻云水洞，迷了路差点出不来。我们凭工作证去国子监的首图或北海的北图借阅《长安客话》《帝京景物志略》，查寻可玩之地。

有一次我俩突发奇想，认为月夜荡舟昆明湖有诗意，便在晚九十点，爬高墙跳入颐和园（我脚都跳崴了），准备解一条船玩。不想被巡逻的工人民兵抓住，他们往我们厂子打了电话，又逼我们写了检查才放人。那时我们在郊区的野名胜玩时就已题诗于壁，已不屑什么“到此一游”。但野庙残壁上常常有裸体画，十分夺目，我们看得心漾神荡。

外面的世界真精彩，除了上班都愉快。司机班的小魏师傅爱拉提琴，下班后他拉我唱，我俩拿手的合作曲目是《北京颂歌》（李光羲先生首唱）。借着六毛多一瓶的破葡萄酒，我俩能玩得如醉如痴。我厂对面新盖了中科院感光所的大楼，没交付使用时，我们几个青工携酒爬到平台顶又攀竖梯上到电梯房顶，开喝开唱，也向底下路过的女性大声念诗。那次喝的是一元一斤的白酒和六毛一斤的青梅酒，头都喝晕了，几乎下不来房顶。我们几个青工和老三届的几位师傅去“老莫”（莫斯科餐厅的昵称），听他们讲《静静的顿河》、讲柴可夫斯基、讲卫国战争，有的还小声用俄语唱歌。魏师傅告诉我：在这儿吃饭就像在克里姆林宫里一样，这里是北京最高大的餐厅，非常大气，俄罗斯、苏联的文学和音乐比中国的丰富。一顿俄式西餐，平均每人两元左右，当然肯定不点鱼子酱（红的也不点），一般是多要面包和红酒，一人一盘汤，再要几个罐鸡罐牛什么的。

我那时特别爱跟厂里老三届的师傅来往，他们大多有才且出身不好（有才和出身不好是有关系的）。魏师傅告诉我：若不是“文革”，他们大多都会上大学。厂里管老三届有才的那些人叫“八大金刚”和“五虎上将”。除魏师傅外，我还对其他几个师傅感兴趣。王师傅，被镇压的“反动军官”出身，体操身材，单双杠玩得棒，通外国文艺；钮师傅，满族，通历史；刘师傅，“文革”初家里被轰回原籍山西榆次，技术好，擅攻难关，有洁癖（近年已去世）；朱师傅，幽默，仗义，好玩，家住富强胡同（已去世）；程师傅，自学大学理工，古文也不差，优雅，承担车间技术课题（研制仿形铣）；电工毛师傅，挣三级工的钱能干七级工的活，爱说笑话，一次工伤磕破上唇后便养成捏上唇而笑的习惯；张师傅，家住鼓楼西，因家里有亲属在台湾而挨过整，中国古典文学较熟，人较浪漫故小有绯闻；钟师傅，技术大拿，人也高大正直；还有苟师傅，家住会城门，延安插过队，会吹奏乐器也能作曲，极爱玩笑，亦讽时政；赵师傅，家住白广路，魁梧，干活有勇有谋，仗义。我跟这些优秀的师傅没少学东西，也为他们委屈于普通工人（每月45 元工资）而惋惜，顺便我也为自己窝在工厂而遗憾。先混着、玩着、学着，总有一天我会不再当臭工人。

每天的晚饭都当成“最后的晚餐”

照片上的我表情疯狂，头发奓乱，脖子斜梗，五官也一反常态，与我平常的照片判若两人。

由 4 月 5 日开始的大搜捕，使得所有参加过天安门广场悼念周总理活动的“闹事分子”都觉得在劫难逃，而一般去过广场的普通工人、职员、学生也都得写检查。当时上级布置的是每人都要写从 3 月底到 4 月初去过几次广场、干过什么、知道别人干过什么。小道消息每天都有：谁谁谁被抓走了，广场上的小平头是谁。其实广场“闹事分子”不少都理小平头，比如我们五个谈判代表就有三个是平头。抓的人城区的看守所都装不下，有的中学生也被抓了。

我所接触到的哪怕最没政治觉悟的工人也认为把“四五事件”定性为“反革命暴乱”是太过分了，大多数人都对写检查敷衍了事。法不责众，那七八天城区的市民几乎没有没去过广场的，4 月 4 日那天广场的人次就超过百万。有老实巴交胆小的人去过广场也不承认，但我没听说过谁揭发了谁——几千年来传统中的“不告密”是道德底线之一。我也写了检查，只说上下班路过天安门广场，顺便去悼念一下周总理，绝没提我在广场上的那些事。写的时候，我并不很痛快，惭愧自己不是好汉做事好汉当的那种人。

抓人的风潮一个月才过去，奇怪的是我平安无事，连厂里的保卫科长都没找我谈过话，真是神了。那一个月，我吃了不少好的，每天的晚饭都当成“最后的晚餐”，钱花冒了，还跟好友借钱吃喝——心说我都是快进去的人了，“借”你点钱享受一下不应该吗。生活上呢，也有一点破罐子破摔，跟着不良青工晚间从天窗翻进食堂偷吃的，用肉和圈套诱捕附近农民的狗——但最后我没吃，还在工厂自制的汽水中偷兑上廉价白酒专门打给女青工们喝，以图稍后观看她们慵困之态，把每一天都当成在外面的最后一天过。

我过着瞎吃瞎喝有今儿没明儿的日子，当然也看书、玩篮球、踢足球。偶尔也想想万一进去了怎么办——不知道，再说吧。我的筋长，老虎凳得好几块砖才会疼，但电棍滋味据说特别不好受。后来才知道，我侥幸的原因有几条。据说 4 月 5 日过了几天，有公安人员拿着我的照片来我厂调查，但第一，我那天的考勤是全勤，连迟到都没有。第二，照片上的我表情疯狂，头发爹乱，脖子斜梗，五官也一反常态，与我平常的照片判若两人。第三，任何领导都不愿自己单位出个“反革命”，加上我平日工作很好以及团员的政治面貌，可能也为我说了好话。

两个月过去了，因车间的保护和现场照片与我“不符”，我仍逍遥“法”外，我并不知道其间公安局来查过我未果而归。

1976 年 6 月上旬的某日上午，我正在车间干活，那个矮矮的保卫科长说找我有事。我随他去党委书记办公室，路上我心说多半是那个事了，躲过了初一没躲过十五呀。

办公室中有一白衣警察，有侯厂长、孟书记、保卫科长和一个陌生干部，后知他是我公司上级二轻局专门为我成立的专案组组长。

先是孟书记问：知道找你干吗吧，站起来说。我说：知道，是因为清明节的事，去广场。我站了起来，凳子被人撤走。孟是河北籍，部队转业到特种工艺公司当团委书记，又调到我厂当党支部书记。他又问：到广场干什么去了。我说：悼念周总理。路上我就想好了我在广场上的一切举止都是出于对总理的悼念心情，周总理呀，就委屈您了。

那个白衣公安无声地走到我身后，忽然踹了我两脚，但并不很重。他说：你还不老实，可以马上把你铐走你信不信。他拿出手铐晃了晃：你以为我们查不到你，你以为你做的事我们不知道——你给我老实交代，不老实马上铐走。

那个专案组组长是个较文静的中年人，他开始说话了：赵世坚，你一定要坦白你的罪行，你的事我们都调查清楚了，证据也有，你彻底说清才有出路。我说：那些天，我常去广场，悼念周总理，国家也没说不让去。一副光明磊落还有点冤的样子。至于怎么坦白，我在“四五”之后的抓人风潮中就想好了：实话实说，反正我也没干打砸抢的事，也没领喊反动口号，唱《国际歌》不犯法，至于我朗诵《告工农子弟兵》、上小楼与当局谈判，也出于悼念周总理的心情。我最放心的就是我不会出卖谁，因为广场“闹事者”的地址我都不知道或者就说不知道；唯一不好圆场的就是我半道去工友家换了件衣服，说出是去张凯来家也不是什么大事，但我总觉小事“抬人”也不道德。

有人记录，好几双眼睛都在盯着我。那公安说：现在说就在这儿说，现在不说就带你走。

我说：我没什么需要隐瞒的，因为我去广场是为悼念周总理，好几天的事，我说哪天的啊。对方说：先说 4 月 5 日的事。于是我慢慢叙述那天早晨如何坐车到的广场，看见纪念碑在戒严，上面一个花圈都没有。

对方着急，说：拣重要的说，否则换了地方你就该后悔了。我的表情肯定特老实，半畏罪半无辜的样子。我说出我爬上纪念碑帮着放置花圈，下来后领呼口号，又挽手走向国旗。但我没提中间离开广场去张凯来家换衣服的事，对方也没问，我觉侥幸，万一问我先后的衣服为何不一致，我也早编好了说辞。

公安、专案组组长、孟书记也插问不少，比如：谁指使你爬的纪念碑？冲击纪念碑戒严线是什么人领的头？呼的口号有无事先写好的条子？谁出的主意走向国旗？有人在纪念碑上打人时你看到了什么？我照实答：没人指使，我身高力大，一般人还爬不上纪念碑；没人领头冲戒严线，是群众集体冲的；口号都是随口出的，没有一个反动口号；打人的人像是几个小痞子，但打得不重。

因为得记录，我说得慢，“四五”那天的一幕幕我基本没忘，且在这两个月就理好了基本如实的供词——但脑子里的想法肯定是不能如实披露的。交代的第一回合，对方像是满意，说：重要的你还没说。

我也怕他们把我带走，便直接挑大个的说：我和四个人上小红楼跟联合指挥部的人谈判过。见对方并不惊异，而是说：讲详细些，全部过程。我就像口述回忆录一样，以客观视角尽量具体地讲述。只是对方老打断插问，其中几个插问肯定他们认为是最重要的。比如：到底怎么商量成立谈判小组的？谁出的主意？你还知道那四个人什么事？他们不满我的回答，一再说我不老实，那个公安还说：你现在是“反革命分子”，你在天安门广场的所作所为是“反革命活动”，对“反革命”无产阶级专政是绝不手软的。

我接话：坦白从宽，抗拒从严，可我一时半会儿真的记不起好多事情，因为我觉得悼念总理是无罪的，才不怕如实说出。

中午吃没吃饭我忘了，反正除了上厕所我没出那个屋。厕所在楼下，有两人跟着我去，我还努力说了一句一点儿不幽默的笑语：放心吧，我不会跑的。上厕所的路上被厂子个别人看到了，他们异样地打量我，我故意微笑一下，肯定不自然。看看远在几十米外的车间和食堂，我忽然觉得很远，难道我一时半会儿回不到那里了吗？我更担心的是待会儿他们会不会把我带走。不像，因为没有警车跟来，二是也一直没给我戴铐，可我又知不少事儿比我轻的人早就被抓走了。管他呢，爱咋地咋地吧。我只是想，若是真判我个十年，可真耽误我交女朋友呀，女人之谜我还没亲自破解呢。

接着讯问，我又大致说出了在大会堂台阶接过别人的诗稿念《告工农子弟兵》，对方这次等我大致说完才提问。他们提问的底儿我听得出来，就是希望我说出更“反动”、更极端的内容。可事实并不那么激烈，我也无能为力。

我尤其强调：我离开广场时汽车才冒烟，我没参与翻车和纵火；4 月 5 日下午只是 6 点左右路过广场，并没进入并且此后再没进过广场。这两点对我不被“从严”很重要。

到下午五六点，我已交代了 4 月 5 日我在广场的主要事情。对于他们问的“你真的没殴打战士——若是我们拿出证据来你再承认也就晚了”“你不可能不认识那些闹事的反革命头头——你若不交代而他们交代出你，可就对你不利了”等严重问题，我当然铁嘴钢牙，说没有没有，真的没有，我没做的事干吗要承认，你们不是说要实事求是吗？

专案组组长发话了：今天先到这里，先给你一次机会不抓你，我们要看你明天的表现再考虑抓不抓你，今天你交代了一些犯罪事实，但有很多重要的事你还没有讲，今晚你要好好想。孟书记接着说：你现在是“反革命分子”，今天对你实行隔离审查——一旦你不老实，立即逮捕，你只有交代了并检举立功，才能得到宽大处理。

晚饭是由人送到屋里吃的。当晚我被锁进办公楼一间有床铺的屋子，屋里有水和便桶，不知门外有无人看守。可能他们审问我时看我那副畏惧以及怕被抓的样子，便根本不担心我会自杀和逃跑。那晚我睡得不错，也因白天脑力活动过大，紧张也是消耗体力的。睡着前也不是一点没愧疚过：我为何不能像许云峰、牛虻那样跟他们拍桌子，慷慨激昂地讲有罪的不是我，把审讯当成辩论；我今天的表现是让他们比较满意的，否则弄个车拉走我还不容易，我估计，今天没带走我，明天也不会了。我又想：我这个谈判代表也不抓，那这个谈判代表的分量也太轻了，便又觉得有点失落。

古有“苦肉计”，我玩的是“苦脸计”

我无意拿起一张照片，随手一翻，见背面三个字。我心里哎哟一声，坏了，他们真的查出了几个王德明。

我被隔离审查的当天，便交代了主要“罪行”，虽然没被铐走，但也被吓唬：你还有重大犯罪事实没有交代，再给你两天时间，否则就逮捕法办。审查的第一夜，我被锁在办公楼的一间小屋里，但我有了定心丸：我不会被抓进去了。虽然在这小屋里不自由，但比起 4 月份抓人风潮时的惶惶不可终日，我现在倒踏实了。交代就交代呗，人在无产阶级的铁拳边上，怎能跟它较劲。我已经被定性为参加天安门广场暴乱的“反革命分子”，从即日起停发工资，不许乱说乱动。我当时有点像在梦中：我是“反革命”？以后就完了！别逗了。

从这天起，上面派来的专案组组长和一个警察就天天到我的小屋来上班了，在座的还有我厂的孟书记，头几天还有一个记录员。这两天，他们专门提出一些问题问我，主要有：谈判小组到底是怎么产生的，为何真正出主意的人反而没进小楼？我只好又重复一遍昨天的话，只不过稍具体了点。我说的大致意思是：乱哄哄的场面，谁起个头一般都会获得大家响应；我看不出谁是头，连一个初中学生都能当谈判代表，这个谈判小组的素质可想而知；我不觉得我被谁利用了，我想的就是为了悼念周总理一定得要回花圈和战友。他们打断我：你不要老提周总理，你们就是打着悼念周总理的幌子进行"反革命"勾当。我明白他们对这些问题的关注，是想挖出一个有预谋和组织能力的领导集团——这好像是我国斗争史上的惯例，没有集团怎么能弄出反革命暴乱？

他们问的另一个重要问题是：有什么具体的指名道姓地攻击中央领导的言论。我回答的也是事实：我没听见有打倒具体人的口号，只有"打倒法西斯"。我后来知道，直接攻击江青、张春桥、姚文元的人大部分都被抓了。

他们也详细问了另四名谈判代表的情况，尤其是在广场上的言行。我老老实实讲出那四人的体貌五官特征，也说出我所见到的他们的举止。还好，他们四人和我差不多，都没说极端的话以及做暴力之事。当然，他们四人万一有谁喊了"打倒江青"，我在被审查时也不会承认，因为用"广场各种声音很大、我没听见"来撒谎也说得过去，这种不损人不害己的做法是一般百姓的基本良心。

他们问：《告工农子弟兵》的诗在广场上念了多少遍。我也据实而说：我念了一遍，是在大会堂东阶上。

我每天都要在专门印刷的审讯记录纸（黑色横格线，外带粗黑框）上摁下我的手印，那感觉像是承认这是自首书，心情略灰。

大概第三四五天，专案组叫了我父亲到我被隔离的小屋。他非常生气，跟我说：你现在是“反革命”，必须老老实实交代罪行，也许还能得到宽大处理。我们家不要你这个“反革命”儿子，从今天起我和你断绝父子关系——我回去就办和你脱离父子关系的手续。我爸训我是当着专案组的，他的愤怒很真实。大概几天后我的户口就被转到了工厂——是孟书记告诉我的，他还夸我爸爸是一个真正的共产党员。

因为被家里开除，我故意在专案组和那个警察面前表情凄苦，可怜兮兮的，这当然是想让他们早一点宽大我。其实我有点得寸进尺了：被抓与被隔离，后者太幸福了。

在隔离审查期间，我做了很多“认罪态度”比较老实的交代，但也总是口口声声说是为了悼念周总理，还声称：我当时没觉得做得不对，所以现在才没必要撒谎。可对方也嘲讽地问：既然你做得没错，为什么“四五”那天明明旷工去搞“反革命”

活动，却让记考勤的给你记了全勤，你做贼心虚。

对此我真是哑口无言，我知道为我记全勤掩护我的组长赵立煌师傅肯定为此受了连累。专案组透出这么个信息，他们说若不是你的那个“全勤”，你早就被抓起来了。我这次是亲身领教了国家机器的专业效率，在“四五”仅过了一周左右，他们就拿着照片来过了。

记得在连续审我一周后，专案组组长以及公安就不常来了。一周后，我只是根据他们的专题专问写详细的“认罪书”。这样一个人是清净的，无人打扰，且去买饭也没人跟着了。工资从 35 元降到了 16 元，但在厂子里吃饭是够了。

工人就是以实惠方式帮助一个落难者，我不能与任何人交谈，但他们可以在买饭排在我身后时与我耳语，大多是劝我别太倔了。我在专案组面前丝毫不倔，只比奴颜婢膝好一点罢了。古有“苦肉计”，我玩的是“苦脸计”——永远愁眉耷拉嘴，眼睛不睁大，像是这辈子的“政治生命”彻底完了。

一天上午，专案组组长及公安都来了，平常是组长来看我写的交代而公安不来。这次他们果然提出一个我早已预料却没说过的问题：你在广场上肯定有知根知底的同伙，这一点你一直隐瞒着。我矢口否认。他们说，那为什么你在广场上早晨和中午的衣服不一样?

我说：咳，有一个我不认识的人，非要和我换衣服穿，于是我的蓝工作服就换成了他的浅灰夹克。

公安说：夹克要花十几元买，工作服是发的，他不认识你干吗这样。我只好说：他可能觉得我太出众被盯上了，不安全。公安又问：他没说什么时候再换回来。我说约好第二天晚七点在西单体育场换回，但他第二天没来会我。

没想到公安非要我说出他的名字，我这次真是顺口诌的，说叫王德明。心说不可能有这个人，你们丫查去吧。

三四天后，他们又是全体上阵，说是今天给你一个立功机会，看看这些照片中人在广场上干了什么。大约三四张照片，我一个不认识。我不知怎么回事，将那几张照片摆在桌上，假装认真辨认。我无意拿起一张照片，随手一翻，见背面三个字：王德明。我心里哎哟一声，坏了，他们真的查出了几个王德明。

我还故作不屑地说：不是这个王德明。心里为这三四个王德明担忧，又一想，他们没做过的事是不会承认的。

我觉得唐山大地震与我无关

毛主席的夫人江青为什么会是那样，我也迷惑。
更不解的是，毛主席也认为“四五运动”是反革命的吗？

到 1976 年的 7 月末，对我的“监督劳动改造”管得更松了，我基本像一个正常上班的普通工人，每周一次“思想汇报”也越写越短和潦草。我已开始庆幸我运气好，没因“四五”受苦。

1976 年 7 月 28 日凌晨三四点，我在工厂宿舍的床上被晃悠醒，屋里的东西在响，房屋在抖动。有人跑出屋喊：地震了，地震了。沿着走廊从二楼向下跑时，第二次震波又到了。那晚我们在篮球场上待到天亮。

当天或者次日，知道唐山发生了大地震，倒了很多房子，死了很多人，北京的老式平房也有些倒塌并有人伤亡。我听住在我父母大院的工友说，我们家楼房没事，我才打消回家看一看的念头。

当时的预报说还会有强烈的余震，各单位都放职工几天假，回家去盖地震棚。那时城区的所有空场，包括一些不重要的公园，都盖满难民营或贫民窟式的乱七八糟的地震棚。大人们忧心忡忡，孩子们因停课而欢天喜地。

我跟着我厂的车，去白洋淀给职工拉搭棚子用的芦苇，坐的是我的哥们儿魏幸的解放卡车。过永定门、大红门、固安等，便到了白洋淀北岸的一个村子。老乡对我们特好，置上炕桌，先摆上一箩筐带壳的炒花生，随便吃。又焖了有一大铁锅小鱼，炒了一大盘鸡蛋，就着烙饼吃，还有白酒。吃到肚歪，去白洋淀边散步，蛙声、月色、凉风都宜人极了。

好像放了好几天地震假，也没人管我这个“反革命”了。我随魏道凝师傅，帮他家在陶然亭湖的北岸搭了一处地震棚。魏师傅讲究，说要搭得比别人的大和好，相当于在这儿建一个别墅。我们弄了一辆三轮，到处连偷带买，备齐了木头、油毡、塑料布、芦苇等，用了两天，建起了一厅一室的“湖畔别墅”。又往里添了酒食和书籍，我和魏就在这儿过上了半酒半读、逍遥抗震的好日子。那时魏的爱人在外地演出，周末，魏把他的女儿从幼儿园接回，那孩子似把这破棚子当成了童话中的王宫。也是在陶然亭那几天，魏师傅情绪极好，给我讲了“与君一醉一陶然”的诗，还有一对革命的情侣葬在此地，什么“重阳登高，文人荟萃陶然亭”的雅集。

电台上说唐山地震是 7.8 级。但老百姓都传是 8 级以上，因为太高了怕影响不好。当时谁也不知死了近三十万人，但地震时的惨状有各种消息传来，令人耸然。还听说国际上要给援助，但中国死活不要（后据史料证实）。

我觉得地震与我无关。我回了厂子，不听别人的劝告，坚决住在二楼宿舍内，住操场有蚊子且无法看书。我当时也有一点很自私的心理：这么一震，国家一忙乎，说不定我“四五”的事就不了了之了。

我还抽了半天去帮程飞师傅搭了一个地震棚，就搭在法源寺边上。那寺没怎么损坏，而附近的民房多有倒了山墙的。那天搭完后，因为早上没吃饭，吃了整整两斤四两面条，是鸡蛋西红柿卤。我也没想到，我的胃这么有本事，把程师傅的母亲都吓着了。我在穿衬衣过冬时，每天至少三斤三两粮食。我跟程师傅关系好，在厂子我借他饭票，还时他总不要。他父亲去世时我还去八宝山帮着抬，那是我第一次摸死人，不害怕，只是觉得奇异。为盖他家的地震棚，我俩还骑三轮专门去丰台农村买了一三轮车的木头。

1976 年 7 月初朱德元帅去世后，社会上已有毛泽东病重的消息，因为总不见有他接见外国人的报道。而且他最近一次接见外国人的照片已呈颓态，人是半躺在沙发上的。当 8 月底上海工人发枪的小道消息传来，某些政治灵敏的工人已在议论：

毛主席肯定病重了，上海工人发枪是为防止出乱子，那北京工人干吗不发？有人解释是，北京还是老将军的天下，上海是江青、张春桥他们的地盘，但他们没太大的军权。我对毛主席还是有一些感情的，从懂事起受的就是“毛主席最伟大”的教育，习惯也成自然了，况且“文革”并没给我家带来灾难。毛主席的书法、诗词很好，我因爱毛主席得到全海淀区中小学生中的唯一殊荣。至于毛主席的夫人江青为什么会是那样，我也迷惑。更不解的是，毛主席也认为“四五运动”是反革命的吗？我当然比毛主席还明白：我不是“反革命分子”，最多就是个不关心政治只关心活得丰富的工人。

我的骨头实在缺钙

想深了，我就自卑起来，一副甫志高的表情。

我大概被隔离审查了一个多月，大部分时间是在不停地写交代材料和思想认识，那一个多月我写了一尺多厚的稿纸。

除了交代事实，我肯定也无数次地写过如下认识：我对不起党和国家，犯下了严重的反革命罪行；我上了坏人的当，成了他们反革命的工具；我冲击小楼、当谈判代表是搬起石头砸自己的脚；我爬上纪念碑浮雕是反革命的跳梁小丑；我不听政府的话，赖在广场，起到了破坏和捣乱的作用；我念《告工农子弟兵》，是把矛头对准了毛主席领导的中国人民解放军；我半路换衣服是想蒙混过关，但人民警察的眼睛是雪亮的，我要低头认罪。

我肯定也写了不少求饶的文字：念我还年轻，请给我重新做人的机会；我本质上是热爱党和毛主席的，不是故意犯错误；我有技术有文化还可以为国家干很多事情；我要接受教训，抓紧思想改造。有一次我甚至假惺惺地问孟书记：以后我若特别努力的话，我还能入党吗。孟给我的是蔑笑，他说：你先不要考虑那些事了，先交代好罪行再说。

总之吧，那一个来月，我把报纸电台上的“极左”语言用了好几遍，说空话大话谎话已经很顺嘴了。那么多令我恶心的文字出自我手，后来我都不太相信，可当时没觉得什么，只是希望早点结束审查——我的骨头也实在缺钙呀。我的思想更是灰溜溜的，混一天算一天，尤其是想起很多人在监狱中受苦，我就特惭愧地认为：他们在替我蹲监狱，我替他们在牢外清闲——每天能吃肉，不挨揍，买饭时照样能看见靓丽的女工，我真对不起他们，我真是小人、胆小鬼、软骨头，幸亏我不知道有价值的信息，否则高压之下我当叛徒也说不定呢。想深了，我就自卑起来，一副甫志高的表情。

我们组的工人尤其组长和哥们儿赵岍对我特好。有几次赵立煌组长、赵岍偷偷地给我送来好吃的，我劝他们快离开我的小屋，他们不在乎，还说：就算是来做你的思想工作，让你快些认罪。大家都希望你能早些自由，回车间，谁也不会拿你当反革命对待的，还说车间不少人挺佩服你的。

最出格的一次是朱师傅来找我，当时我已被审查了一个月，专案组不怎么来了，孟书记也不天天盯着我了。朱师傅说：你肯定特想游泳，我带你去。他告诉我他提前看好了孟书记去公司开会了。我出小屋时虚掩上门，仿佛我去厕所了。

我俩是跳墙出去的。久违的游泳池，久违的自由泳，太美了。一个小时后我悄悄返回，无人察觉，我继续以写检查来练钢笔书法。

我小学时练过一年多欧体，进工厂后爱临黄山谷的字。至于硬笔书法，我在青工中可能是最好的。艺无止境，我在那一个多月，练习悬肘写钢笔字。这样写字特挥洒自在，但没练过的人极不适应。到后期，我的检查有时以《兰亭序》的行书写，有时以怀素和尚的草书写，但不敢使隶书，怕他们以为我在玩，更不学张旭，怕嫌认罪态度草率。

真不好意思，我在隔离期间，还做了几次朦胧的流氓梦。梦外我是反革命，梦里我是流氓。由于白天从事的是脑力劳动，是“文字”工作，觉就睡不太好了。失眠时想得更多的是厂里的漂亮女工，今夜想这个，下夜想那个，每晚都挺专一的。

隔离审查让我烦透了，毛主席什么时候才能发个最高指示，饶了我们这些青年呢。

1976年9月9日，毛泽东去世

我曾是“活学活用”他老人家著作的万里挑一的积极分子，
我曾发明听课时须手捧毛主席语录并波及海淀区的小学……

到1976年9月份时，我的“监督劳动改造”已经徒有其名，没人管我，每周一份的“思想汇报”也不写了。我过得跟其他青工差不多，唯一不同的是，我不能利用“存休”出门旅游，我的“存休”都冻结了。

那就在厂休日的周五去郊区玩，一般是周四一下班就出发。一次去沟崖，过了玉虚观，又到了朝阳洞（半洞）。在往顶峰攀爬时，只能贴着悬崖，踩着兀出的石头揪着稀疏的草丛，挺危险，根本不敢往下看。我抓紧一丛草准备移步时，那草忽地被拽了出来，我的身子借着惯性就往后倾斜，心中大叫了一声不好的同时，我连忙又抓住了另一丛草。我贴在悬崖上闭一下眼睛，喘气，真他妈悬呀。这是我有生以来的第一次化险为夷。这要摔死了（老乡说几天前就摔死一个，出很大的钱才有老乡帮着移尸）肯定不是烈士，能追认你不是“反革命”就不错了。

在“四五”以前，还有两次玩得比较深刻。我与工友赵岍骑车去白涧（现在的野三坡一带）玩。他的后闸捏断了，说下坡害怕。我改骑他那没后闸的车，在下坡的弯道山路，越来越快，又是一个急弯，右侧即山谷。不减速肯定拐不过来了，我只好捏前闸。于是后轮被甩到前面，我也飞了出去，那车又砸在我身上。我疼得几乎喘不过气来，觉得腿骨断了，试试右腿才知是被车砸的，没断，肘与膝部摔得血肉模糊。我躺在原地没动，直到二十分钟后骑在我前面的赵岍返回扶起我。没法走路，一走就疼，还得骑在车上往坡下滑行。接受教训，提前捏闸。到了山下的村子，见有火车隧洞，我们就无意地向老乡打听。我们正靠着草垛休息时，几个拿着木棒和农具的农民把我们围起来，来势汹汹。盘问一番才知：有老乡举报有外地人打听国防铁路隧洞的事，他们是基干民兵，过来准备捉拿坏人。闹明白我们是工人，来玩的，他们带我去村医务室上药，还留宿了我俩。

还有一次我一个人骑车去清西陵玩，那是夏天，提前买了半斤叉烧肉放在饭盒里。当晚骑到涿县的松林店，花两三角住了大车店（院里真有牲口和大车），晚上被咬得睡不着，早上浑身都是红包。天热，骑车蹭得屁股和大腿内侧红包马上变大、破裂，痒疼死了。中午我吃前一天买的捂了一夜的叉烧肉，酸了，那也舍不得扔，一块三一斤呢。吃下后肚子就叫，好像肠子们在摔跤。半小时后开始拉稀，每半小时就得拉一次，总是觉得有箭要射出肛门。拖着虚飘的身子逛康熙、雍正陵。实在骑不回京，去紫荆关火车站，搭一列火车的邮车。我身上仅几毛钱，便跟押邮车的哭穷，终没给钱，在石景山南站下车走人。押车人告诉我这里容易出站，没人查。

1976 年 9 月 9 日毛泽东去世。新闻广播前几个小时，就先预报了“× 点有重要广播”好几遍，只要不是傻子都猜出毛主席去世了。毛主席自打我们懂事时就像神一样无处不在无所不能，神怎么会死呢？

听那个重要广播时是排队站着的，讣告是由很著名的那个延安时期就在新华广播电台的播音员播的。当时就有不少失声大哭的，会场一片凄惨怪异之声，我从没经历过。在哀哭的环境中，谁不哭是比较难的，况且绝大多数人对毛主席是有感情的。我扫了眼已摘帽的“反革命分子”魏师傅，他没哭，呆着脸。我也没哭，只是似乎很有些哀愁。我还奇怪我这是怎么了，我对毛主席不无热爱，我曾是“活学活用”他老人家著作的万里挑一的积极分子，我曾发明听课时须手捧毛主席语录并波及海淀区的小学，我能熟背毛主席的“老三篇”，我能唱一百多首毛主席诗词语录歌。

我也反省我为什么没哭。一是我不爱哭，除非特别人性化的场面，如《金沙江畔》卓玛为解战士饥饿开枪打死心爱的白马时，再就是特别冤屈时会流泪。二是在毛泽东病重时社会上也传中国要出大事的小道消息，我理解就是“王张江姚”当政后还要整人，而我还戴着“反革命”的帽子，毛主席这一死，谁知上面会怎么处理我，万一把我收监呢。

我们厂像各单位一样，马上布置灵堂，吊唁七天，停止娱乐活动十天。那些日子，满世界都是哀乐、黑纱，所有老百姓的脸都是黯淡的。9 月 18 日在天安门广场上举行追悼会，我们听实况转播。然后在报纸上看到国家的若干领导人，当然尤其注意毛主席的夫人江青、“党的副主席”王洪文，“文革”领导小组的主力张春桥和姚文元，记得魏师傅还别有意味地用手指点了点江、张、姚。

我的专案组的成员孟书记找我谈了一次话，警告我在悼念毛主席这些天不许乱说乱动，出厂一定要请假，你的问题还没有完，如果你表现好可以宽大处理云云。

当时社会上的传言很多，什么江、张、姚等（即四人帮）想掌控国家，什么军权还基本在叶剑英、徐向前、聂荣臻手里，什么华国锋是被夹在中间的。也有的小道消息对“四五”不利，说是江青特恨“四五”闹事的人，可能要公开宣判一些人。

中国向何处去？老百姓管不了这么大的事，但总觉得领导中国这么久的毛主席一走，谁还能替他呀，中国估计得出乱子。1976 年 9 月中旬，《人民日报》发表了代表党中央声音的文章《按既定方针办》。老百姓当然不知所云，只理解成毛主席定的那一套不变。那么，毛主席发动的无产阶级“文化大革命”还得继续，继续“反击右倾翻案风”和“反邓小平”，继续政治挂帅的“抓革命促生产”，“四五”的事当然还是“反革命暴乱”。

我继续在工厂瞎混，十天吊唁期过去后才可以打篮球可以唱歌。十天把人憋坏了，爱打球的在工余都集中到球场上，龙腾虎跃，欢歌笑语。还记得工友私下开玩笑，“悼念这十天停止娱乐，那你还跟老婆睡觉吗”“谁这几天跑马就是对毛主席的不尊敬”，等等。

车间里挂了不少悼念毛主席的标语和文章，不少是我抄的，也有魏师傅抄的，我俩的书法在车间最棒。有人戏说：这一新一老两个“反革命”把悼念毛主席的标语诗词全包了。记得孟书记在车间看我写的一首诗时还挑剔过，他哪懂得格律诗呀，我解释半天他才没说什么。那一句有问题的是：革命流血不泪流。其实我参与抄写以及写诗，有一多半是为了出风头，喜欢人夸我的毛笔字好，再就是，我都是悼念毛泽东的主力了，“反革命分子”的帽子也就不摘自掉了。名声与利益总是有关的。

最高领导成了“反革命”，我不用废话地成了好人

会后即拿来我写的厚约一尺的稿纸，点火烧了。我松了一口气，仿佛我叛变的证据全毁了。

1976 年 7 月的一天，已经隔离审查一个来月的时候，专案组向我宣布：你是“反革命分子”，在“四五事件”中有重大罪行，组织鉴于你认罪态度好才没移交公安机关；隔离审查结束，回车间监督劳动改造，随时要向组织汇报言行；工资恢复正常。

我又回到了车间宿舍。我坚信：我没什么事了，他们就是吓唬我的。

回到车间当天，车间王主任过来对我很和蔼地说：好好干活吧。一个多月没干活了，乍一干跟参加运动会似的，痛快，抒情，弄得不少人以为我真在玩命劳动改造重新做人。其实我肌肉没萎缩，在审查期间我在小屋里每天做几百个俯卧撑和更

多的仰卧起坐。“放”出来的头一周，我下班就游泳打球，球场上再次的对手我也不嫌。玩，我要补玩，恶补。我又焊了一对每个 35 公斤的哑铃，并制订了练块儿（肌肉）计划，有一阵我的两块胸大肌之间都能夹起一支笔了。

说是“监督改造”，其实并没人监督，我只需每周向孟书记写一份假话连篇的思想汇报就行。我被家里“开除”，户口转为厂里的集体户。我无法回家也懒得回家，只是去学校里的篮球场找我弟弟赵世民。他知道我没事了自然高兴，还说当时他想去厂里看我，但父亲不让。我弟那时篮球打疯了，一米八六的个头能扣篮，作为主力打了海淀区中学生冠军、北京市亚军。他还专门请我去看了一场半决赛，那场比赛他的一球定胜负。

我也去特艺总公司的德外一家厂子见了好友张凯来。我跟张讲了：专案组问我那件换的夹克是谁的，我瞎编一人名，结果叫这名的有三四个。张凯来说你其实没必要，我借你件衣服他们能把我怎么样。自然我们去张在果子巷的家吃饭喝酒聊文学。张的父亲学京戏，是李万春的第一弟子，1958 年随周总理参加万隆会议，他的这架飞机空中爆炸。张妈妈难过死了，虽然政府给了优厚的抚恤金，张妈妈还是在张八九岁时撒手而去。张和哥哥早早就成了孤儿，因其父算烈士，北京京剧团的领导就成了他们的监护人，并按月发给生活费。

在“监督改造”的日子，工友和师傅对我如常。除了干活，也跟他们一样打闹说笑，打牌打球。下班后常打一个小时的“三先”才散，挂赌，输的人请赢的三人去六部口喝豆汁吃焦圈，那时的豆汁才两分一碗。虽破费很少，但大家都很投入，牌出得照样惊天动地。

比我大两岁的工友尚武送了我一个老式的德国破相机，铜壳子，手动取放式的三个镜头片（相当于三个光圈），四个速度，用 120 型胶卷。尚的父亲原是白求恩医疗队的队长，这相机还是当时医疗队的设备，说是还给白求恩照过相呢。虽然机子的镜头有些磨损，拿着它去郊外学习摄影已经足够奢侈，还买了显影、定影粉及盘子、紫灯泡学习洗相片，着迷了一阵。

我们同进厂的不少青工，尤其是跟我接近的车队的小魏师傅，钳工车间的刘军师傅、王金明师傅，在我隔离时都被厂领导找去谈话并要求他们写揭发我的材料。但他们一致说我是好人，不好的就是组织纪律性差些，比如迟到呀爱游山玩水呀。他们知道我干的那些事，自然没提。

我在隔离审查时，除买饭、大便外不让出屋。事后听小魏师傅讲，老见你趴着窗户向外看，好像是说“我想出来”。他还说：你人缘不错，都知你天天往广场上跑，谁也没检举你，连你砸过人家小提琴的小胖子也没落井下石，明明你“四五”那天去广场旷工，组长还算你全勤。小胖子也是我们一个宿舍的，他与魏都几次被我梦游惊醒，后来也就习惯了，管我叫“夜游神”。（当时梦游举止我现在忘了，几年后我夜里赤脚披被出屋踏雪而不知，因翌日邻居说起以及见我被褥有泥巴我才确信。）

魏师傅刚进厂时特单纯，当然也聪明。他先是跟绰号“曹五”的五级钳工当学徒，后被选拔到车队当司机。司机在厂子是甜差。当时厂子还有两辆抗美援朝缴获的美国十轮大卡，没车门，冬天极冷。魏师傅一次开玩笑，查 114 知北京电影厂电话，问对方拍战争片要不要美式十轮大卡，对方还认真，说是有这样的戏时一定去你厂子借，但却没说连驾驶员都借。毛泽东刚去世，各单位组织优秀人选去向毛主席遗体告别，当然没选上我。魏师傅既是人选也是开车的司机，他开着车带着我厂的代表去了。见出来的人眼都哭得跟桃似的，他怕到时自己哭不出来对不起毛主席，便推说车坏了，掀开机器盖子装着修车。

“四人帮”这词最早是中央叫出来的，一般百姓恨的是张春桥，江青因是毛主席的夫人排在稍后，王洪文在 1970 年以前大家不太知道，姚文元长得白胖而面无阴险也不特招恨。

“文革”初期，北海公园几年不开放，据说江青住在里面。玉泉山自解放后也不是人民的公园，“文革”后期叶剑英住在其中。而民国时的中央公园（中南海）买票即进，1949 年后成了毛主席的居处（约 10 年前中南海局部开放，接待团体参观）。幸亏毛泽东有先见之明，说绝不住以前的皇宫，那是亡国的皇宫，百姓才可近瞻皇家禁地，像北京古典八景的“玉泉垂虹”“太液清波”就只能远观了。

资料上说：10 月 6 日晚以谈《毛泽东选集》第五卷出版为由，在中南海抓的王、张、姚，在江的住处抓的江；这次行动的总策划是叶剑英元帅，参与者有徐向前、聂荣臻、李先念、汪东兴以及“领导者”华国锋；几天后在王、张、姚的基地上海，其死党在筹备叛乱的班子，拟定的口号是“还我四人”。

粉碎“四人帮”正式公布于 1976 年 10 月 14 日，公布前即广播“× × 点有重要广播”，大多数人是在抓“四人帮”的第二天就知道了。

我当然乐坏了。说我是“反革命”的最高领导成了“反革命”，我就不用废话地成了好人了。

10 月 8 日晚，我请我们钳工四组全体及车间好友去五道口餐厅大撮一顿。最贵的菜都要了，花了三十多元。那时一整只香酥鸡不过三四元，炖的整鸭四五元，里脊丁也就八九角。我那天没有喝醉，工友说我笑傻了，都不会说完整的话。

我们厂的正西 1.5 公里是六道口，那儿的餐厅不如其南五道口的餐厅好。五道口边有北京语言学院、电影院、北京航空学院以及大商场，算北部的繁华之地。六道口餐厅才是我们常去的地方，便宜。

那次我在五道口请客，大理由是为我解放庆祝，小理由是为祸国殃民的那帮人倒台而喜悦。话题多是邓小平可能还得出来理国，一些老将军们该翻身了，“文化大革命”可能差不多该完了。

翌日在水房打水时，碰到我的专案组成员孟书记。他阴着脸说：听说你昨晚请客来着，告诉你，你的问题还没有完，“天安门事件”的“反革命”性质是毛主席定的，你不要高兴得太早。我没和他顶，心说以后我不是“反革命”不也得归他管，不能惹他。

粉碎“四人帮”，报纸电台都说是英明领袖华主席的决策，加上毛主席临走前也对华国锋说“你办事，我放心”，还说“按既定方针办”。没多久，华国锋主席的画像就贴到了所有地方，歌颂华国锋的歌也到处传唱。

华主席对毛主席好得没的说，坚决地“按既定方针办”（后有资料说毛的原话是“照过去方针办”）。他大张旗鼓地张罗修建毛主席纪念堂，调全国最好的石料最好的工匠，又以他的颜体底子题写了“毛主席纪念堂”几个字。那个堂建在了天安门广场，使广场又小了一块儿。据说华写的那五个字，经过琉璃厂高人的修补腾挪才成为大家看到的样子。

1976 年 10 月下旬，全国各省区都表示拥护以华主席为首的党中央一举粉碎“四人帮”的英明壮举，包括属于“四人帮”地盘的上海。

“四人帮”垮台后不到一个月，在厂食堂就为我开了平反大会。是侯厂长主持的，他说：赵世坚是与“四人帮”斗争的战士，为他彻底平反，补发工资，当众销毁材料。会后即拿来我写的厚约一尺的稿纸，点火烧了。烧的时候纸乱飞，我和工友四处追捡，场面滑稽。这些让我脸红的东西、软骨头的证据烧了才好，我松了一口气，仿佛我叛变的证据全毁了。

会后，让我“别高兴得太早”的孟书记过来温和地跟我说：你是好同志，以前我们对你的审查是上级的指示，是“四人帮”的罪行，你不要记恨我们。我当然没说什么，只是点点头，人逢喜事，前嫌尽弃嘛。再说以后我旷个工、犯个错还要求孟书记高抬贵手呢。

1978 年，父亲摆席接我回家

清查“三种人”运动搞得沸腾，父亲也倒了霉，属于“三种人”中的最后一类，也是隔离审查写检查交代。

报纸电台公布粉碎“四人帮”及厂子为我平反后，我弟来厂子找我，说爸不好意思出面请你回去，他们今天晚上叫你回去吃饭。我弟的面子我得给，我妹刚上小学，家里最崇拜我的就是我弟了。回家一看，一桌子菜，还有酒。我父讪笑着没说什么，我妈说还是把户口迁回来吧，你爸当时也没办法，他是共产党员又是干部，儿子成了“反革命”他可不得表个态，他心里还是爱你的。我顺水推舟，以后就常回来了，而心里觉得无所谓。虽然小时候我父亲天天骑车带我去儿童医院做理疗治气管炎，我母亲每隔几天就因我肾炎和割扁桃腺而去两个医院看我并买一堆好吃的，但我对长辈中感情较深的是我姥姥。她是小脚，不识字，小时我挨父母打时她总护着，我上学前偷偷塞给我糖火烧，给我们吃带鱼而她自己吃鱼头鱼尾剁碎捏成的丸子；我偷看她的小脚，丑死了，她发现时才“狠哆”（批评）我一句。

据说我是断奶后就回了崂山县的爷爷家，仅有一点印象，屋里没人，我在大土炕上扒着窗棂往外看。爷爷奶奶都是在三年自然灾害时死的，也就五十多岁。那时的事我听活过来的姥姥讲过，饿，都得浮肿，老人省自己吃的给孩子们吃，都饿病了，没了，姥爷是稍后几年死的。

我爷爷、姥爷家都是中农。姥爷在农闲时也买些四书五经笔墨纸砚，后话是我上大学还从家里拿了不少线装书与班上同学换酒喝。而老家带回的六七吊铜钱，早就被我和我弟卖了买糖和鞭炮了。我父亲是比较纯粹的共产党员，朴实、“极左”，看我和我弟不顺眼时爱说：家里怎么出产了这两个臭东西。我们哥儿俩的腮和耳朵几乎天天挨拧，所以后来我把“牵一发而动全身”的成语改成“牵一耳而动全身”了。

我弟比我聪明，挨的打比我多些，也因聪明他会挨打时喊得更狠。因“四五”的事我先被隔离后又送回车间监督改造，在后期我母亲来厂子找过我和领导，说我弟弟病重垂危，须我进医院陪护，厂子特批了我几天假，那时我父亲还没跟我恢复父子关系。

我在复兴医院的重症单人病房见到被单下一丝不挂、随时都在拉稀、一直昏迷的我弟。我父亲在干革命工作不来，只有我和我母亲陪护。母亲告诉我：中毒性痢疾，送来太晚了，当时大夫说能否救活不一定。我弟昏迷、大小便失禁四天后才醒过来。那时，才三天我已熬得也拉起稀来，不知是传染还是我夜里直接躺在病房的水泥地上的原因，反正我偷偷吃了不少黄连素。我弟醒过来特虚弱地喊我声哥，弄得我百感乱窜。我弟活过来了，我以“反革命”之身伺候我弟我是什么都不吝的。我妈也不容易，俩儿子她都管不太了。厂子对我还行，在监管期还让我请事假，看来我的事肯定大而化小了。

后来我弟告诉我：暑天他一人骑车去昌平山里的上庄公社看比他大的中学校友，他们大部分是我的初中同学，我进工厂，他们高中毕业后去插了队。天热半中暑，一下吃了好几斤李子——桃养人，杏伤人，李子树下埋死人，又喝了特凉的井水，发着烧骑回北京，一到家就什么也不知道了。

1972 年我校有 12 个班初中毕业，仅收取各班尖子组成一个高中班（高中班在 1967 年以后从 1971 年开始试行）。1976 年，他们已在农村以高中生文化干了两年农活了。我弟上初三时就与高二的他们来往密切，并不是沾我的光，而是他自己打拼出的：除学习好外，他是校广播站站长，校篮球队第一主力，两个长跑项目的冠军，作文比赛第一，文艺晚会的主力等。他去上庄公社和小汤山公社看望的人中，就有当年我们初中生中优秀而漂亮后来在新华社工作的女生，有后来探险、写诗、打网球的我特好的哥们儿，有正直、聪明、后来考上清华的高才生，有曾和我一起把《新华字典》背下来的发小。

1975 年到 1976 年，我也去过插队同学那儿玩，但只去初中同学的村子，也在昌平县，名叫梅锁屯（在沙河以西）。与每月有 35 元工资、每天不用风吹日晒、住着带暖气的宿舍的我相比，这帮初中同学的农村生活太惨了。头一年每月国家补助一二十块而以后全凭自己挣工分，一年挣工分再刨去口粮钱能分二百就不错了。住平房，冬天烧炕，太麻烦了。每天很早就听敲钟上工，三夏连轴转，冬闲学政治，还老挨队长批。毛主席说过："知识青年到农村去，接受贫下中农的再教育，很有必要"，他们要熬到什么时候呢？我当工人太幸福了。初中的插队生文化差，于是酗酒、打架、偷东西、搞流氓活动的就多。而高中的插队生，我听我弟讲，他们有读马列的小组，有话剧团，有文学创作小组，总之生活一点都不颓废，并且知青点里很少有恋爱的。1976 年我和那帮高中毕业插队的都 21 岁，都还有理想并为之丰富自己，不涉儿女情长。那时的《婚姻法》规定，结婚男须满 26 岁，女须满 24 岁。

"文革"十年，全民皆素，年轻人绝对的"男女授受不亲"，否则男则流氓、女则破鞋的帽子在等着，并且"文革"中定的"地富反坏右"的第四种就是专指"生活作风"不好的人，那是要被实行专政的。

1966 年“五一六通知”起开始“文化大革命”时，我 11 岁。接着毛泽东又写了“炮打司令部”的“大字报”，其后“革命运动”如火如荼展开，大字报、大辩论、大批判层层升级，红卫兵、造反派星火燎原，然后就是抄家、打人以及武斗。我见过红卫兵抄我们小学边上一户地主家，将所有东西抛在院子里，给地主婆剃了阴阳头，把地主（那个挺老实的老头）用皮带抽得惨叫。我去我父母单位看了抄家展览，所谓“封资修”的东西：唱机唱片、珠宝首饰、外国酒、化妆用品。我们宿舍大院，有不少阿姨都被剃了阴阳头，也有被人在脖子上挂了破鞋游街的。抄家打人最疯狂的那几天，我围观到的就有我们院的五人跳楼跳井上吊，其中有一对是我小学同学的父母。至于批斗大会、公审宣判大会参加得更多。

我当时狗屁不懂，也参加了比红卫兵低一档次的红小兵（三年后在初一才当上红卫兵），除了参加批判我们小学校长、老“右派”、数学老师的活动外，还加入专政小组专门看押已隔离的那位数学女老师——我当然没打她，只是冲她吼叫。说是怕她自杀，她小便时我们也不离那屋，她躲在桌后使用尿盆发出水声时，我觉得有些好玩。

我在小学五六年级红极一时，革命委员会中我是学生代表。我做好事比较疯狂，为学校锅炉以大斧劈柴，骑三轮帮学校拉东西，一人用两小时拖擦两层的全部走廊，悬在二楼墙外用油漆写政治口号，为庆祝毛主席最新指示发表连夜游行能耍到天亮，一人扫男女厕所（后者令我有闯入禁地的快感，扫得可能更干净些）。和我同样疯狂做好事的是我班一个因羊角风而智力极其一般的同学大蒜（名大顺），我俩是学雷锋的两个疯子，人都说我老跟大蒜在一起我脑子也有问题了。

那时我弟小我三年级，也特爱毛主席，去北蜂窝（今西客站北）抢一女孩别在胸前的毛主席像章，把人家衣服都撕破了（那时抢像章成风，为防抢不少人在像章的别针环上又加一个大别针，这才很难一把拽下，除非连衣服撕破）。不料那女孩认识我家长，我弟因热爱毛主席的过激举动挨了一顿暴揍，他还喊：哎哟，再也不抢毛主席——哎哟——像章了。我弟从小就是挨打的命，长大了也受过苦。因年轻时造得太狠，腰椎间盘突出，压迫腿神经疼得受不了，手术后导尿管又插错了导出半瓶鲜血，手术失败，右腿萎缩且右小腿麻痹成了瘸子。记得从手术室推出后我看见仍昏迷着一丝不挂的他时，马上想起上次他中毒痢疾昏迷的情形，差点没流泪，心说以后要好好待他——我当“反革命”时也没受多少苦呀。

后话是，1976 年底到 1978 年，清查与“四人帮”有关系的“三种人”运动搞得也挺沸腾。一会儿前文化部长于会咏自杀了，一会儿唱李玉和的浩亮被抓了，反正“文革”中后期比较活跃的名人（如乔冠华）都没好日子过了。我父亲也倒了霉，属于“三种人”中的最后一类，也是隔离审查（仅周末许回家）写检查交代。官复原职的部长、副部长对他又恨又气，若不是他比较正直比较死心眼早就被抓起来了。记得我在云南五七干校的邻居，就有一个走资派的集体户，有高部长、夏副部长等，据说都挨过我父亲的整。

工友陈嘉曜把我带进月坛帮

因崇拜他们，几乎想“士为知己者死”，也沾染了些忧国忧民的情怀。

工友陈嘉曜是我结交至今的人，到现在也有三十多年了，他大概是 1977 年进的厂子。陈嘉曜是下料工，即根据要求将整根的钢棍用锯床锯成粗料而便于车床铣床加工。我是在几次去锯料时认识他的，他好像知道我“四五”时的事。他白面大眼平头，长得精神利落，工作服也总是洗得很干净，不像我们大多青工总是穿得油渍麻花。他中餐必买米饭和一个甲菜，一毛六的熘肉片，然后用长柄小头的钢勺细致地吃饭，一看就知家庭教养不错。我在他的工作台旁看到过几本外国书，却不是小说，都是理论书。我最感兴趣的是一本丹纳写的《艺术哲学》，因为书中附了大量裸体画。我发现外国名著他看得比我多，我没看过他看过的有《九三年》《战争与和平》《荷马史诗》《卡拉马佐夫兄弟》等——我们以文学为媒成了挚友。

他的经历我大概知道了：师院附中毕业后与两个兄弟去内蒙古突泉（后划归吉林）插队，在那儿结识了一帮优秀青年，他们为读原著而学外语，劈削竹筷自制唱针夜听莫扎特，农闲时纵马科尔沁草原喝酒唱歌，村边摆擂摔跤打拳，偷听敌台（苏联）讽刺时政，写诗写小说也研究康德黑格尔尼采，他们虽是“插青”却为理想而准备着身体和文化。他们也做过不少好玩的痞事：饿得实在不行偷邻村的鸡烹食后将鸡毛鸡骨深埋地下不料被饿狗刨出，与村民欲打对峙抄起铁锨锄头终以拼命精神唬住对方，想尽主意逃票扒火车被抓住时耍尽无赖，明招暗招一起使整治乡里恶霸。陈的讲述令我神往，很想认识他们这帮和工友们不同的朋友。

果然他带我去他在月坛的家见到了那帮人，我发现那帮人对政治、对国家的前途非常在意。他们备好酒肉让我详细讲述了“四五”时我在广场的所为所见，但对我后来隔离审查时的低头认罪却未指责，后来我与那帮人成了朋友（至今）。谈政治、哲学时我插不上嘴，但谈文艺或唱歌时我也是积极分子。记得我们常爬上陈家的五楼平台，就着便宜的酒唱外国民歌，用一把破吉他奏起《爱的罗曼史》。陈嘉曜的朋友中有三位给我印象极深：有治国安邦大愿的某小厂基建科科长于洋，他三轮蹬得好，后有的卡车便是我们郊游的工具；能读俄、德、英文打算投身哲学建设的陈嘉映，他文起古典高雅，武起半似土匪；精通无线电喜好物理的陈老大，说话好玩，不幽默就不会说话似的，且厨艺拔萃。我比他们小五岁左右，因崇拜他们，几乎想“士为知己者死”，也沾染了些忧国忧民的情怀。

粉碎“四人帮”标志“文革”结束。十年积重难返，当然不流畅。大家虽有翻身之感，但觉翻得不彻底。我常旁听陈家三兄弟与于洋对政治形势的分析，如“文革”必须否定但阻力很大，如张志新和遇罗克这两位民主烈士冤案的平反还须等待，如毛泽东临去世时所说的“按既定方针办”和当时的“两个凡是”仍然是压在政治清明上的沉重盖子，如对“四五事件”的公开平反要触及一些既得利益者。

稍后圈里又进来了于洋的大哥。于大哥“文革”初在钢院因“反动学生”的罪名被送往邢台劳教了8年，他苦大仇深，当然最热爱民主和自由，最恨贪官污吏。他爱说的一句话是：权力导致腐败，绝对权力导致绝对腐败。这话现在已经人人皆知，可他说这话时是70年代。于大哥身材魁伟，面膛红亮，多年的苦难劳教生活竟没把他打垮。他拳击在圈里最好，不少人都是他或他徒弟教出来的。我喜欢听于大哥讲他劳教的日子，觉得他比“十二月党”人离我近得多，也因他讲述苦难竟有一种幽默感（那时我还不知“黑色幽默”这词）。

我特感谢陈嘉曜带我结识了他的两个兄弟和于家两兄弟，

厂子的午饭时间，必到他的下料房听他“布道”。陈的表达有激情，但不擅玩笑。他有一双笑靥，表情也丰富，这便弥补了他表达的趣味性不足。之所以我有这看法，也是在认识了他的俩兄弟和于家俩兄弟之后，以至于后来我更崇拜的是陈家老三陈嘉映和于家老二于洋。

随着我不断地去陈在月坛的家，我明白了：老来这儿的人都挺“反动”，文化都不低，都比我讲究吃喝，绝不像工厂的人乱谈女人，出身没有工农的。

陈家的西侧就是月坛。北门偏西有一家川菜馆。我第一次对鱼香肉丝、核桃泥有感觉就是在那儿。吃得好，怀着感激，我听他们讲话就认真。

在粉碎“四人帮”以前，他们的议论就非常大胆，有理有据，分析入微。那时我还胆小，虽然“四五”时我在天安门广场闹过事，但那更多的是玩，我心说他们这一伙才是真正的“反革命”。比如于家的老大，“文革”初因“指标”需要，就被打成了“反动学生”，在邢台劳教了8年。他对一些大人物有自己专门的蔑称，早就看到了权力与腐败的关系。于家的老二呢，“文革”初期就是某造反派的头（与1966年成立的联动无关），后来有军人专门到内蒙古来抓他，五花大绑地准备押走，但当时内蒙古的一个军代表也在那火车站候车，听说过于，便说见见，这一见不要紧，因欣赏于的谈吐和气质，就下命令将于放了，还说年轻人犯点错误没什么。

一次，于洋请我和几个朋友去他在西苑的家玩。他家就是老式二层的一间，木板地。他备了酒菜，还放了盒音乐。于讲了不少在内蒙古插队的事：刚下乡时受当地人欺负，公平纯是打出来的，由村打到公社，由公社打到当地的裕民煤矿，后来公社乃至县里有什么举措都得找他们来商量一下；他们那个队叫南山门，更多的是养马，经常骑着马下山去塔克图找陈家兄弟玩，喝酒听莫扎特，一次他喝了两斤，把自己反锁在屋里三天三夜，又将呕渍收拾干净才出门见人；那时陈家老三小毛（即陈嘉映）头大身小，像小老虎，打架还不行，常让他负责望风，但他外语学得最快，没有老师，全是原著加字典学出的，所以是哑巴外语；那时的消息来源一是偷听"敌台"，二是反着读报，陈家老大早就是无线电高手，在一零一上高中时就参加过北海电站的无线电训练班，几乎什么"敌台"都能调出来。那时大家都鄙视搞男女关系的人，即便谈恋爱也仅限于精神，真的满脑子想的都是中国革命要靠我们去最后完成，哪有多余的骚情；那时大家最爱唱的一首歌是《海港之夜》，若是在夏天，喝着劣质白酒，唱唱苏俄老歌，天一会儿就亮了；这帮哥们儿差不多同时回了北京，也因为觉得"文化大革命"快弄不下去了，时局要变，没准哥儿几个可以干些大事。后话是于家老二由内蒙古插队返京后，蛰伏在一个工厂当基建科长，从蹬三轮的开始，改革后创立矿业公司，又进军金融证券、房地产业，终建起北京最大的一家农业高新科技公司。

月坛的这帮人不少桥牌打得好，其中有一个国家桥牌女队的教练，大家叫他老铁。他们有时被叫去陪中央首长玩，说是玩完还管一顿饭。老铁跟我讲过：跟高级领导玩桥牌，不能赢太狠，也不能输得太假，那次就是陈家老大不看我的眼色，把阿 × 赢得不高兴了。围棋是陈家老三玩得最好，小学时就是业余两段，他象棋也不错，但旅行西安跟人赌残棋却输了十元，气坏了。

陈家的三兄弟、于家哥俩都会拳击，我也在北京工人拳击队练过，有时酒后互相也比画着玩玩。没有拳套，以棉手套代替。有时玩着玩着也容易忘了“轻点，意思到了就行”，我就挨过一记陈家老三的右勾拳，打得我耳中尖鸣。打拳的架子最花的是陈家老二，动作傲慢，表情满是蔑视。动作最紧凑的是于家老二，面无表情，出拳突然，躲闪巧妙，从步伐看是受过科班训练的。

他们关心政治的档次很高，与我们工厂工人偏好太不同了。厂子里的“反动”工人津津乐道的是江青的假发假胸（甚至纯造谣说臀也是假的），唱京剧的 ×× 和江青如何如何，毛泽东的贴身服务员是谁又如何如何，反正都是大人物的私生活，要不然就是咒骂式地攻击几句。

比如陈嘉曜，一直就对西方的民主选举、言论自由推崇有加，经常在聚会时振振有词，而陈嘉映会从最早的古希腊罗马精神来阐释理想的人类社会和完美的人格。政治和文化方面，我在他们那儿只有听的资格，棋牌我都不会，没法掺和，连喝酒我也喝不过他们。他们在内蒙古插队时都练出了一斤的量，喝酒讲究干杯。唯一我能和老铁玩到一块儿的是爬山，我俩先后爬过北京千米以上的山不下三十座，颇有些轶事：带一姑娘爬百草畔时半夜露宿，因冷，姑娘睡在我俩中间，我悄悄去摸这姑娘的肩头时却邂逅了他的手；爬西灵山他累喘得不行时，指指胸口的兜说，万一他翻白眼赶紧从这儿掏救心丹给他塞进嘴里；爬凤驮梁时他因只穿短裤而两腿被荆丝刮成了血葫芦，而我的三接头皮鞋磕掉了一只鞋跟儿却不知，待下山走到平地时觉得地不平；爬笔架山时不顾体胖腿短愣是磨磨蹭蹭攀过悬崖上了峰顶。后话是我将与他及别人的爬山笔记整理成了《北京千米以上山峰词典》的书稿，邀他写序他却不从。

但我觉得最有魅力的还是陈家的老三，大家都称他小毛。他的哲学专业咱不懂，可他的中国古典文学、外国文学读得比我广得多。比如对《红楼梦》有自己专门的研究，也能背诵比唐诗宋词拗口得多的《荷马史诗》。关键是他待人平和亲切，表达深入浅出。我的不少迷惑都是他帮我解的，比如屈原之死带不带纯个人的原因，曹操是否功大于过，竹林七贤的致命弱点是不是畏生过于畏死，以及刘半农作序鲁迅推崇的《何典》的价值几何，古希腊悲剧与喜剧的流传，伏尔泰为何只凭《天真汉》《老实人》传世而其哲学却被人遗忘，以及托尔斯泰虚不虚伪等。他写过两个长篇，从不拿出，推说不好找，内容也杂芜，后又说找不到了。只找出几首格律诗，我记得一句：盛夏微风坐 ××，柳荫下面读石头（《红楼梦》）。

他领我们在香山、正黄旗一带玩时，专门谈不少畸笏叟、丙戌本、康熙与曹家、元春以及作者晚年居住地的问题。我们也一起去过香山西北的打鹰洼、北侧的烂木垛、梁思成墓以及变成废村的挂甲塔等。

月坛，月坛，以月为坛。当他家的父母睡了之后，我们携酒必上楼顶，酒笑之间，高妙之言或醉语就出了。我记得腿脚上痒，终发现，我们走过拐角的杂物处（破箱、草编物等）有很多跳蚤。陈家人因是家门口而短裤拖鞋上阳台，却不怎么招小虫子，我因脚臭袜白成了小虫的焦点。

1978 年以前，党史在中学就已开课，号称“十次路线斗争”，好像最后一次的结果是毛主席的接班人林彪摔死在温都尔汗。陈嘉曜却从辛亥革命、北伐、黄埔军校给我讲国民党早期历史，让我觉得很新鲜。关于这些陈也有自己的看法，但他承认毛泽东是农民和游击专家。不少最近的史实，也是陈告诉我的。陈大概见我朝气如火，想激起我的某种热情，我却觉得他说得有些过激。

毛泽东之死，触动了亿万人心，仿佛“天塌万物奔八方，神走百姓吃六苦”，我真没想到有人竟没有哀痛的表示和表情。在停止一切娱乐活动悼念毛泽东的十天，他们反而天天喝酒听莫扎特。从他们口中，我听到了另一个版本的中国现代史。

陈家兄弟的父亲，祖籍常州，抗战时在陪都待过，“文革”时去了河北固安的五七干校。他是北京轻工学院的创始人，又一直从事职业教育。“文革”中没受过大罪，何以他这几个儿子就跟贫雇农要造反似的。

陈家的伯父伯母对我好，那时我长得高大好看，干各种活利落，比如悬出身子为他家置窗外凉棚而不系保险，现学现卖地给他家修煤气灶、抽水马桶等。为讨他们父母高兴，我骑三轮送陈伯父去东四的飞机班车站，背病重的伯母上下五层楼去医院输血并顺便看看月坛的花展。伯母总是把肉夹到我碗里。对于我卷进了“四五”，老人也敲打过我，说是心里明白就行了，不能瞎来，青山在云云。

落第的感觉相当于失恋

等录取通知书时，人的心都毛了，心像不在胸里而是在头发上，要吃点硝酸甘油可能才食寝正常。

1977 年 7 月，由叶剑英、李先念等保荐，邓小平复出。邓在一系列新举措中有一条是恢复高考，77 级的高考是在那年冬天进行的。

恢复高考的消息传来，我们几乎不信。1977 年以前的几年恢复的大学教育，仅以政治水平为主要录取标准，须是党的好儿女才能被单位保送上大学；那时的大学生叫工农兵学员。而这回是要凭本事考试入学，虽然政治分也计入总分——但在纸上不犯政治错误并不太难。关键是，这次会不会耍人玩呢？我所在工厂的十几个工友抱着宁可信其有的态度报了名。报名也是须单位批准的——盖章的头儿是斜着微笑像是盖了也白盖而按上那个红圈的，厂子里大部分人也觉得考大学是开玩笑。魏师傅鼓励我试试，他说要不是年龄限制他也报考，“文革”一开始断了他的大学梦，邓小平三落三起是敢干真事的。

车间主任同意我们临考前脱产一周复习，但生产任务须由其他人分担。车间工具库的一个胖脸姑娘特有情地说：我觉得你能考上。

好像是 11 月份考的，我们的考试点在朝阳师范学校。第一天上午考政治，下午考语文，第二天上午数学、下午史地或理化（文科不考后者）。语文的作文题是《我在这战斗的一年里》（外国人准以为中国是在战争状态）。志愿是考前填的，在三个空里我写的是北大、复旦、黑龙江商学院。约一个月后公布分数，我的成绩是：政治七十几，数学近八十，语文六十几，史地六十几，总分 280 分。那年的北京文科录取线是 260 分，我过了 20 分。

最终没考上，主要是我战略上太藐视了，总觉得考大学是玩笑进而填志愿时也玩笑式地填了最高志愿。估计当我的考档第三志愿送到黑龙江商学院时，那里已经挤不下了。我们厂只考上了一个，他叫赵岍，是我铁哥们儿——我俩曾硬饿着肚子逛桂林，在广州的蛇餐馆逃单，出门就跑，晚上在火车上还以为被便衣盯上了。

落第的感觉相当于失恋，关键是有被晃了的郁闷——这次国家不是开玩笑呀，是考上了就真的当大学生。祖国呀祖国，你也有真的时候，你倒是早告诉我呀。

等录取通知书时，人的心都毛了，心像不在胸里而是在头发上，要吃点硝酸甘油可能才食寝正常。一旦“死刑”判决到了，又从“心脏病”转到了“肝炎”——我肝疼呀。那些日子，我脸色肯定不好：委屈是黄色的，窝囊是灰色的，熬人的工厂生活还得再继续呀。

晴天又一声惊雷：78 级高考提前半年（因要改秋季入学），也就是说事隔半年我又一次可以参加高考了。邓小平万岁！您太给我面子了。这次厂子没再给我们脱产假，但我所在钳工四组的组长赵师傅和其他工友都帮我干活让我钻进更衣室复习。我也许下愿：考不上请大家吃四川饭店（绒线胡同，当时上档次的好馆子）。自己也下了决心：妈的，再也不报北大了，直接报一个最次的学校，今年一定要上大学。我已十分厌恶当工人了，也不知再考不上怎么在熟人圈混。

这次是拿到考试成绩填志愿。我过分数线 9.5 分，总分 349.5。我第一志愿报了北京师范学院，又通过师院子弟的工友高 × 去跟录取人打探。

高 × 告诉我：只要过分数线又是第一志愿肯定没问题，不用打招呼，但我还是帮你打了。高 × 是兵团转京因后门进的我厂，他长得像坏人，也就是极聪明，这次也考上了北师大政教系。在等待 78 级的录取通知的艰涩日子里，我们两个同病相怜的兄弟没少躲在车间外的墙根儿聊天，谈外国文学，也谈女人。他讲德瑞那夫人如何色诱于连，讲巴尔扎克笔下的老色棍给女童一块糖就弄一下——甜一下也疼一下，讲宝玉与袭人，也讲厂子里哪个更衣室容易发现避孕套以及谁与谁对上了眼儿。当然高 × 对我感兴趣也因为我参加过“四五”且进过红楼与当局谈过判，是个小“反革命”。

校园里的“四五英雄”比较操蛋

我认为我在“四五”的表现是正义感、虚荣心、泄春火各占三分之一，而“英雄”的称号我担待不起。

“四五事件”平反后，有几百人被报纸、电台称为“四五英雄”——没办法，我也是。我们学校因是北京地区招生，所以学生中肯定有不少参加过“四五事件”，甚至有些无名英雄，他们用诗词或演讲做过更扎实的事情，但不如跳梁的我得的名声大。我最多就挨过两脚，没受过肉体折磨，“英雄”于我，受之有愧。

1976 年到 1978 年，一切都显得蒸蒸日上。当年的“反革命”现在成了英雄，这代人还捞到了大学上——但我只对后者在意。在中国经历过“文革”或学过党史的人都知道政治的天平没谱极了，这回我算亲身领教了。

系里又找我谈话，大意是我虽没写过入党申请书，但在

“四五”的表现已说明火线上用行动入了党，他们让我写份申请书。我心下有些别扭，最终只说：我觉得我还不够共产党员的标准，让我写申请书，我一点儿没有思想准备，要不，让我在党外做些好事吧。

一两天后，系里给我一张纸，上面有让我回答的问题：你对中国共产党是怎么认识的，这几年以至将来有什么打算，“四五运动”时你最坚定的想法是什么。我依次回答了。一是我肯定不能说共产党的坏话，二是我也不能说我今后就想吃喝玩乐顺便写小说，关于我参加“四五”也只说与广大群众做的没啥两样，只因嗓门大身体好而更显眼一些。

没想到系里派辅导员李老师对我说：上次让你写的对党的认识就算是入党申请书，你只需将你写的重新誊抄一遍。我慌了，怎么连入党申请书都不用写就可以入党？于是连说：不行不行，太突然了，您就让我在党外再努力几年，等差不多了，我一定写一份合格的入党申请书。从这以后人家才不拿入党来烦我。

说实话，“四五”平反是社会的大幸福，但对我个人来说本无所谓。没有因为“四五”而不让我考大学，有大学上是我个人的大幸福。我认为我在“四五”的表现是正义感、虚荣心、泄春火各占三分之一，而“英雄”的称号我担待不起，尤其事发后在公安面前我的表现，虽不能说是叛徒，但肯定不光彩。

我给自己的定性是，大暧昧，小屈服，灰溜溜，平淡淡。

本来大学生活的多彩早就让我忘了什么“四五”，不料平反之风又把我裹进“英雄”行列并推到众人眼前，这是我极别扭的，又不是“有朝一日成了功，一人发个女学生”。后来我在大学的颓废表现，多少与此有关。

《人民日报》的平反文章让我出了名，接着又请我去报社看也不知哪儿来的一些照片，我找到了照片上的我——几乎不认识这小疯子，后来我又在美术馆和个别讲“四五”的书上看到这幅照片。

没多久，系里又转给我市委印发的表彰大会请柬。我说：我不去。系里说：一定得去，回来你得传达大会精神，这也是系里交给你的任务。

上午 10 点，我去国务院招待所报到。会场有二百来人，前方有一个小舞台，上有麦克风。有个别的熟面孔，但我已说不上姓名。我坐在偏后的一个座位上，听着附近的议论声。“英雄”的嗓门都不小，加上今天又是表彰庆功的日子，大部分人的脸上都是喜悦激动。

开始大部分议论的都是被抓的事：你什么时候被抓进去的，他什么时候被放的，关在哪儿，又被转到哪儿，被判了几年等。我听得心情较灰暗，我没被抓过呀，何以受用这“英雄”

的称号。

刚报到时发了一张日程表，大概安排是10—12点在会议室座谈，12点在 × 号厅午餐，13点半集合乘车，14点在首都体育馆开庆功大会。我耐心地等待午餐。

有时候议论的声音小了起来：谁谁谁抬了谁，我好像被谁抬的；谁谁谁抬人最多，可他今天也来了，谁谁谁最硬，一个人都没抬。

有一堆人像是在吵架：你凭什么说是我出卖了你，我还听说你揭发了谁谁谁呢，别以为大家不知道你在里面的表现，为什么你一进来几天接着又进来几个——你卖的谁你自己知道。一个声音劝住了吵闹：不要互相攻击了，今天是大喜的日子，“我们要向前看”。有一个干部模样的人上台说了一阵，让大家自由发言云云。可开始没人上台，终有一两个发言后就都争着上台了，往往是一个还没说完，另一个上台就抢前者的话筒，有时台上站着五六个人等着那个话筒。刚开始发言的，说的是虽然平反但要继续努力等等决心式话语，可到后来说的都是自己在广场上如何如何的表现。我坐在那儿不知说什么，想着自己曾经彻底交代了“罪行”，承认了是“反革命分子”，如坐针毡。至少有四个人过来跟我打招呼并寒暄，我只是敷衍。

乱哄哄的场面，我盼着早点开饭。进了餐厅，10人一桌，有十多桌吧。菜很不错，但是没有酒——可能怕“英雄”们酒后在庆功会上失态吧。

上午报到时每人发一朵红绢花，花联上写着“英雄”，下午开会时要戴上，也有人发的时候就戴上了。我离开喧嚣的餐厅在招待所院子里溜达，见已停了一排绿色的斯柯达大客，车上还贴着编号。我是真不想去开庆功会了。

说走就走，有点像当时见广场情况不好我开溜一样。我去了附近陈嘉曜的家，把那朵红绢花给他一岁的女儿玩了。

在首体开完庆功会后，有“四五”时期的同事来校园找我，让我参加“英雄报告团”。我以学习任务重、不擅演讲来推脱，但来者反复做工作，我只好答应了，条件是他们同意我爱怎么讲就怎么讲，我心说那我就实话实说啦。

一次是在某个机关的礼堂，一次是在中国儿童剧院的会议室给导演和演员们讲，都是小汽车来校园接我。我也不准备讲稿，没想到我临场不怵，望着台下那些好奇的眼睛和热情的面孔，我讲得挺顺。

每次报告会安排三人讲。第一次我是排在第二，那次第一个发言的是一个蹲过监狱的青年。他的调子慷慨激昂，语句是社论式的，其中有些过分的语言我不欣赏，比如他说，早在“四五”以前就认清了王张江姚的真实面目，在“四五”时就决心跟王张江姚斗到底。可大家都知道，“四五”时大家主要反对的是江青和张春桥，并不以王洪文为然。他还讲在狱中怎么坚持斗争，坚信“四人帮”不久就会垮台。我虽没进过监狱，但通过我与进去过的若干人聊天，知道在里面能尽量保持沉默就不容易，而且当时百姓中能有几个人有先见之明，知道江青他们会很快垮台。

可人家蹲过监狱受过苦，平反后在表达上有些激动和夸张是可以理解的。而我只是被隔离审查，在政治资格上就差了档次。如果我进了监狱禁不住专政的铁拳，乞饶如狗，甚至胡乱“咬人”，出来后也会被大家以及自己唾弃。我是照实讲的，绝无高调，尤其强调的是：来广场的绝大多数是普通百姓，他们最大的政治觉悟是改善生活，而不是非要与谁斗争；悼念周总理主要是发泄对现实的不满；广场上的确有闹事的小痞子；所谓谈判小组纯是即兴拼凑的草台班子，全无章法，更无预谋；我之所以在隔离审查时屈服，也因我对政治不感兴趣，绝不想成为任何政治的牺牲品；我的理想仅是玩遍祖国争取再写点东西；我本是一个看戏的，却鬼使神差被戏剧性地推到了舞台上演了一段后来连我都觉得惊异的活话剧。

没想到我的报告受到了比第一位更持久的掌声，我真不好意思，觉得对不起第一个发言的人。由于我讲的调子比较低，并且受欢迎，不知是否受此影响或受到干扰，第三位的报告既没高昂上去也没低沉下来，我印象中他讲的与生动、流畅无关，总之没讲好，我又觉得我对不起他了，因为我认为他若讲在我前面肯定会讲得正常。

那时，上海作家宗福先写的反映与“四人帮”斗争的话剧《于无声处》已经公演。有人特意请我看了，我觉得艺术性很一般，形式上离“三突出”（“文革”时的“极左”文艺标准）并不很远。在与导演和演员那次做报告后的餐会上，导演和演员说我讲得真实，令人信服，他们也想排一个让大家一看是那么回事的话剧。其实，我这么讲也是需要勇气的。高大全式的报告人们听多了，我这么讲是头一份。我还发现女演员长得真好，可她们对我的尊敬令我不快，在“英雄”的高位很难降下来，连与她们开句玩笑都难。

我的感觉没大错。去做第二场报告时我被安排最后发言，于是前两位报告者都正常地唱出了高音。我不在乎压轴，反正我就是把真实尽量告诉听众，暗暗地还觉得这是我的责任。

我们这个小组本应讲十多场的，可是从第三场起就没再通知过我，可能由于我讲的内容偏灰色被刷掉了。这挺好，反正做报告只管饭，不给钱。

系里也让我讲，还说随后院里也请你讲。我坚辞，心说可不能在学校丢人现眼。但又不能太摆谱，我仅答应在我们班讲一讲。讲的内容与在外报告一样：实在、灰色。也许正因此，系里不再坚持让我做大报告了。我替他们心说：怎么能请一个胆小鬼讲那种如火如荼的革命运动呢。

记得平反后不久，有人拉我去看一个“四五英雄”。他住在一间小平房里。我们去时他自己正焖米饭炒土豆丝，却没请我们吃。他很实在地说，经济困难没办法请大家吃饭。他不想提监狱那些事，说还不到时候，只想好好读书，然后写作，但先不写“四五”。总之他没有英雄气概，对“战友”、狱友不卑不亢。这就对了，后来他成了小说家，还记得他特羡慕我上大学。

也是平反后，因“四五”被抓过、时在北大读书的王军涛来我有色院的家找到我，劝我继续革命，拉我跟他干什么杂志，我推搪，只是给他写了篇小稿子。记得当时西单那些年轻人搞得挺热闹，再若干年后，我去了当年谈判代表陈子明在德外的家，他已完全成熟了。

学子固穷，却美事多端

**回到班里讲我今天听的作品是“德国夏克”的时候，
却遭到大家嘲笑，说：那应是德沃夏克，不是德国人，而是捷克人。**

我自己也特羡慕自己上了大学，那感觉就像是共产主义实现了。我上的是师范，管饭，也不交学费。头一年吃饭是凭餐券，比如午饭是以午餐券换一馒头一窝头一勺菜，有时是米饭，每人每月还有 6 斤“机动粮”，但只能吃窝头。食堂打菜一大嫂可能看我顺眼，我叫“师傅”也叫得甜，给我打的菜比较多，甚至对我说：以后你等别人都打完了再来。那是要更多地给我盛呀。后来她跟我提到了她闺女比我小两岁什么的，我便明白了。

我们六七人一间宿舍，睡上下铺。同舍一般都在自习室或图书馆待到快熄灯才回，家里条件好的就沏杯牛奶，吃几块动物饼干（当年 6 两粮票买一斤，三毛六分钱），我们穷的只好待在宿舍找剩窝头。后来我就联合穷同学展开吃大户运动，即偷吃富同学的食品。我们不管他将吃的锁在什么地方，都有招。比如饼干锁在抽屉中，就让桌子倒过来使劲晃，那饼干就会从抽屉底和桌内侧的宽缝中漏出来。比如吃的锁在旅行包中，将拉锁扣与钥匙环对折起来，也能将拉锁拉开。有一次我们弄不开一个包的拉锁，便在包外用手打开包内的蜜瓶盖（有些像带着手套操作），从一小孔伸进竹管吮吸美妙。

学子固穷，却美事多端。学校内文化比较前沿，在内部出的《外国文学编译参考》读到了乔治·奥威尔的《一九八四》，揭露极权统治及国家机器的厉害，令人震撼并觉似乎熟悉，接着我又读到我班同学李燕乔翻译的乔治·奥威尔的《动物庄园》。我去古典音乐发烧友李燕乔同学家，听比“贝五柴六”还要少见的古典或浪漫派音乐。那么好的音响我第一次听到，也算初次尝到音乐给我的立体快感。可是回到班里讲我今天听的作品是“德国夏克”的时候，却遭到大家嘲笑，说：那应是德沃夏克，不是德国人，而是捷克人。

到 1978 年时，好多传言都被证实了。一些“四五”的消息和“四人帮”被粉碎前夕的消息也不胫而走：比如 4 月 4 日在纪念碑公开攻击江青的人就是被正在人民大会堂开会的江青下命抓走的；比如 4 月 4 日夜清场后的花圈是有小部分存在广场附近，但不是大会堂而是中山公园；比如 4 月 5 日晚是 10

点半亮灯，11 点抓走约一百多人，当时广场约一千人，纪念碑一带约二百人；比如与“四人帮”有关系的北京附近部队仅有南口的某坦克师，10 月初张春桥的弟弟张秋桥去过那里几次；“四五事件”期间，有人将民主先驱遇罗克的画像也摆在了纪念碑浮雕边；4 月 5 日在空荡广场上第一个送花圈的是当时的一七二中学。

但我那时对“四五”平不平反根本不关心，一心享受我的大学生活。如火如荼的“西单民主墙”也仅去泛泛参观过，当时还比较自私地心说：没办法，还有不少人没过上比较理想的生活，我反正是过上了，就不参加你们这种革命热闹了。但是美术馆墙外栏杆上的星星画展我去看了，很感兴趣。艺术总是撩拨我超乎政治的感觉，中国的艺术家也可以像西方人那样表达，刺激，有力量，新鲜。我觉得比“文革”后期在美术馆搞的“黑帮画展”更直接、更来劲——黄永玉的猫头鹰、黄胄的驴等比起这些先锋现代画一点不“黑”，与革命与反革命都没什么关系。

当时的民刊《今天》我每期都读，我喜欢它的艺术性高于政治性，尤其上面的诗歌让我开了眼界，我不是没有模仿写过，然后随手扯了。当我觉得我也能熟练地弄些隐喻的意象、西式的句子时，我可能也给《今天》投寄过诗，至少我给我们中文系办的诗刊《求索》投了。

《求索》是比我高一届的77级的几个男生办的。我与77级的关系不太好，很可能是我顶个“四五英雄”的帽子（又不是绿帽子）尽勾引小女生让他们看着不顺眼，因为有中文77级的当面讽刺这“四五英雄”如何。77级有一人是《今天》的编辑，他暗中对我不错，力排众议，在系刊上发我的散文，还说我像沈从文或是努力一下就像云云。他是上海复旦的子弟，爱荡舟昆明湖也会几下钢琴，但在学校他是个书呆子，毕业论文的题目是《小说的结构艺术》。此君叫陈迈平，笔名万之。后话是他毕业后才跟我来往较多，他由中央戏剧学院的研究生班去挪威之际，将他在棉花胡同的宿舍让与我住，还专门嘱咐我照顾他太太，但叮嘱我不应照顾的地方不要照顾。出国后他与太太离婚，与瑞典人安娜结婚（安娜是诺贝尔奖文学奖评委马悦然的学生，后来成了莫言小说的译者。——编者注）。

实际上在我到底能不能写诗的关键时刻，是田杰田才子为我定的音：大踏（大学时我的别号），你能写诗，应该写诗。他肯定我那时是班里诗写得最好的。

班上我跟田才子最铁，吃喝不分，一阵形影不离。我常跟他去鼓楼大黑虎胡同他爷爷家吃炖肉、涮羊肉。他爷原是张作霖的钱粮总管，见过成箱成箱的银元，后退伍来京做洋面买卖，被骗破产后因祸得福没在刚解放时被划为资本家。田才子来学校有时骑他爷爷的26型平把加重车，日本造，结实极了，那大铜车铃很清悦。田才子的奶奶七十多，面若桃花，擅烹调，教给田不少——后话是田才子多年后成了京城餐饮前十强。他爷奶去世后，我们帮着田把他家的狐皮大衣卖了八百多元（1981 年）吃喝花掉，我又得了他爷爷遗下的乌木宝盒、清瓷酒碗，都是古物。我与田旷课在南戴河海边的一个破庙里还住过好几天，每天躺在沙滩上晒太阳，聊契诃夫《带小狗的女人》《萨哈林岛游记》，聊茨威格的《象棋的故事》等，聊塞万提斯奇异的生平，聊托尔斯泰的复杂心理，聊陀思妥耶夫斯基的病态情结等，当然他说得多而深刻。大海，大天，我觉得心情好似鱼跃鸟飞。我们与破庙的主人老王住在一起，他伤过阴部不能结婚，一次问田才子什么最幸福，田随口说“见到毛主席”，老王却说不，是爱云云。我们每人每天给老王六毛钱伙食费和一斤全国粮票。有时趁落潮我们趟过南戴河去北戴河海滨看看来旅行的姑娘，田会猛地吼一嗓子《草帽歌》中的最高音，真是惊艳呀。

我们还经常出点子骗小男生、傻女生的酒喝，弄得基本没人跟我俩打赌了。终于一个赌有人愿参与：我俩在六一儿童节前必须穿着毛衣，除睡觉、洗澡不许脱下，赌项是一顿八里庄的饭。5 月初穿毛衣不算事，5 月中旬也能将就，到了下旬我俩就走道特慢且爱寻找树荫。那时的毛衣都很厚，尽管我俩“心静自然凉”，可还是经常去洗澡、早早上床（唯这两条才可脱毛衣而不违规）。胜利即将来临，5 月底一天，一场好的电影我俩舍不得放弃，去的时候还好，回来时乘车，人多拥挤那车厢气温骤高，我就觉得我的前胸一阵忽然的刺痒，仿佛千万箭头拱出——我生痱子了。当我俩光着膀子吃赢来的酒席时，田也说：以后再不这么玩了，战线太长。

“四五”平反后，《人民日报》征集当时的见闻，我写了篇几千字的文章寄上，刊出的是其中一段，并被起名为“战士的心”——主要讲小楼谈判时战士们关心而给我们送来了水喝。10 元稿费，我与要好的同学去甘家口涮了顿羊肉。

一次我穿别人的鞋磨破了脚，后来化脓起红线起到大腿跟儿并发高烧，田才子骑车带着我去旁边的空军医院。我头晕扶不稳，掉在了地上，他竟不知，后才回来找到了我。打了好几天针，烧才退了，身体虚弱，传为笑柄，“赵世坚病了，赵世坚病了”，不少人来宿舍看我，不免幸灾乐祸者。最真情并带好些吃的来看我的是苏小卫，我几天没洗脸和脚，好像她还帮我擦洗了，我很感激，肯定做有夸张的言辞及举动。人在病中，见到善良的姑娘就像见到妈呀。后话是，苏成了著名电影编剧。

大学像春天丰腴的土壤，顽劣、痞赖也因势生长

我一边享受着英雄称号带给我的好处，一边拼命地自我诋毁。不想做婊子，也不想装孙子。

没有邓小平，就没有大学上。学校中的大龄学生（即入学前有过若干年的工作经历）都珍爱大学生活，感念老邓。尤其我，两年前还唱过骂老邓的歌，十年前还喊过打倒邓小平，可人家邓大人不计小民之过，在高考政审中并没有“有无反过邓小平”这条。

政治我离它愈远了，我使劲耍着校园的快乐。滑冰也应是与自行车一样伟大的人类发明，我校冬天泼冰场，我是常客。深练直道弯道，也得到了一个体育老师的指点，我觉得利用重心摆动以及冰刀与冰的摩擦使人快速移动是非常奇妙的。冰场上我见到了十年前在云南“五七干校”的熟人程 ×，他指点我，说我滑得虽快但有噪音，说是好的出刀收刀都声音极小。我的

冰鞋是泳队教练朱老师借我的，我狠狠用了五天，还他时他说：你把我的刀刃磨下去了一大块。后来我只能借到什么鞋就穿什么鞋，从 39 号到 44 号我都能穿——热爱滑冰就不在乎脚舒不舒服了。冰场上我喜欢上一个白净苗条的女生，知道她是化学系的，也是体操队的，姓刘。她的笑容让我着迷，可她总找借口不跟我到校园外去玩，于是我更来劲了。追她除了教滑冰我没有什么王牌呀，难道我恬不知耻地亮出我是“四五英雄”吗，别急，还没山穷水尽。

大学真好，可以让我忘掉“四五”，忘掉“四五英雄”的称号，像个真实的人随便活。热爱漂亮女生，自不在话下，我也更欣赏优秀男生。我与班上的第一才子田杰已经好得如胶似漆了，还联手搞一些鬼名堂。

我俩知道我俩追不到系花，便写匿名信撩拨人家。第一封信大致这么写：我热爱你才挑你的毛病，你的胯长得一般，不应将衬衣掖在裤带里，你的耳形逊于你的体形，应尽量以发遮耳，你的……没想到再在阶梯教室上大课时，见她的衬衣也拔出来了，耳也遮起来了。接着写第二封信：谢谢你能为不值得你爱的人以及自己改正毛病，每次上课我都在你的身后较远的地方，就像泰戈尔说的，如果你不爱我，就让我在角落里悄悄祝福你（田才子能熟背泰戈尔的《吉檀迦利》和其他几十首）。再上大课时，我俩发现她频频地回头看，课后我俩大笑。追她的人肯定尽说糖精话，而讽语才令她觉得有味道也够刺激。

我和田才子还利用小同学的无知，跟他们打赌骗酒喝。和小同学比谁能在敞口的热水瓶口压上手掌的时间长，当然我们赢了，田才子是用略有茧子的手掌侧部压上，而对方是直接将掌心摁上去。

田才子和我好，他说是觉得我特有行动能力，他最佩服的一次就是我在一点儿砖木都没有的情况下，利用半天时间，左偷右拿，帮他盖了一个小厨房。那时我俩的钱放在一起花，有时干脆一连好几天住在他神路街的家。9 毛买一斤肉沫，5 分买三两黄酱，再买两斤 2 毛 1 分一斤的面条，做炸酱面一顿吃光。那时的两斤切面是两斤面粉做的，实重约两斤七两。一次我俩买了五斤米却因袋子破底全漏在满是泥土的小街上，我们全部扫起，回家各淘各的米，结果我蒸出的那一碗极牙碜，我几乎是硬吞下去的。田才子聪明，记忆超人，能背《离骚》，也跟人打赌背赢过生文。我服他之极，想为他做事，最难做的一件就是让我帮他买避孕工具（极别扭）。他没亏待我，通过他的小兵女朋友给我也介绍了一个小女兵。他跟那女兵介绍我是“四五英雄”，这招很管用。

班上一个从云南兵团回来的林跃同学也因我参加“四五”而引我为知己。他听说我爱拳击，还通过他当体院教授的叔叔给我介绍了 50 年代的“拳王”王守忻教我，另一个“拳王”

张立德先生也教过我。那时我在宿舍的平台常邀同学练习拳击，但我只是让别人打我，并不还手——他们基本打不着。我在上下铺的床头拴一个用破篮球灌上沙子做的沙球，由于经常击打，那床快散架了。

考合唱队时我唱的是男高音李光羲首唱的《祝酒歌》，其中好像有“一举粉碎‘四人帮’”这样的歌词，但因为有些西域民族旋律而多含些艺术性。大学的合唱团稍微正规些，起码伴奏都是西洋乐器而不会二胡小提琴夹杂。记得一次表演《饮酒歌》时，我因紧张手心出汗，在挽唱女主角薇奥列塔时，手碰到她裙后的小扣一激动跑了调——事后她说我又湿又脏的手把她的白连衣裙的后背弄了爪子印。我用当时的一句流行语回答了她：那就算在“四人帮”身上吧。落井下石，那时有什么错误、不好的事，常说“那就把账算到‘四人帮’身上吧”。

每到周四下午停课政治学习，我就见一群健美男女上了一辆停在主楼前的大轿车——原来是游泳队要去训练。我也想参加，以自由泳百米 1 分 14 秒的成绩考上了。美好，一帮青春男女，穿着又小又薄又贴肉的衣服在水中或水边活动，也就略次于伊甸园吧。我的成绩总共提高了 3 秒，在两届高校游泳运动会上拿过个人仰泳、蝶泳的第五，男子团体我们拿过两届第二。

后来我又发现有淑女呆男也定期去活动，打听后才知是书法社的。我也想参加，竟以一手半似黄山谷的行书考上了。我楷书浮躁，各种体仅会个大概。但我见那位姓宋的女生习欧学柳，我就热情指点。她胸丰臀满，白脸如月，发黑如黎明前的黑夜。她竟让我也写个柳体，我借口今儿忙约她明天来我宿舍写。当晚我在水房（因学校宿舍统一 10 点半拉闸）练了好几小时的柳体。翌日我自然没出太多丑。当时学校的书法社，就有时任古典文学老师的欧阳中石、77 级的学生金运昌。

大学的生活太丰富，像是春天丰腴的土壤，我身上的顽劣、痞赖也因势生长。对上课开始不感兴趣，考试只求及格。考试时，我养成了一定要第一个交卷的虚荣习惯，只要估摸答够了 65 分就将桌椅踢得乱响地离去。旷课也是我的习惯，我肯定是我们系旷课最多的。李老师多次找我谈话，还拿出校规，其中有旷课多少即劝退，我早够了。李老师说：就因为你以前反“四人帮”的表现，系里已多次照顾你了。反正我想通了，大不了肄业。

以 1978 年为界，我的生活前后简直像两个人——好人和坏人。“四五英雄”的光辉很快被我的不良举止抹去，被人说成是“中文 78 一班第一坏”，甚至有人在食堂贴小字报让女生警惕中文 78 一班的流氓赵世坚。有时我也怀疑，我是不是活疯了？与以前禁欲、红色、“极左”的朴素工人生活比起来，现在活得太资产阶级了——这要在以前我早就因流氓而被当坏分子送去劳教了，邓小平给我带来了幸福，但也不会这么纵容资产阶级生活方式吧。

买饭时我大多不排队，除非要特意排在某个女生的后面。一次我直接挤到窗口，就听后面有人小声说：看看，加塞儿的那个就是“四五英雄”。我一下就火了，转身一看，是77级中文系男生，我嚷道：“四五英雄”又怎么了，老子就加了。事后，田才子说我：没见你恼羞成怒过呢，你跟人家开个玩笑不就得了。

是呀，我为何会如此恼羞成怒？我一边享受着英雄称号带给我的好处，一边拼命地自我诋毁。不想做婊子，也不想装孙子，什么时候我们才能正常地思维与行事？难道扭曲是我们这一代人的宿命？

月坛帮扩大成黑山扈帮

我通过他们又认识了不少好汉和才子，
并且我已见异思迁地由第一崇拜陈嘉曜而改成了他的弟弟陈嘉映。

上大学就是给我打成“反革命”的最好补偿，我爱大学生活当然甚于爱“四五英雄”。而且我明白，“文革”后期对中国现实绝望的不少优秀分子，并不是简单粗暴地去什么广场闹闹事、贴贴诗词，而是有系统地学习理论和文化，冷静地分析社会现象发现本质，并时刻准备着干一些有意义的事。“十年‘文革’，使国家经济到了崩溃的边缘”，这是“四人帮”垮台后报纸上常出现的话。中国百废待兴，而恢复高考就是邓小平复职后为科技救国制定的重大政策。

我在厂里时的业余导师陈嘉曜，与我同年考上了人民大学哲学系，而他的两个兄弟也分别考上了北大的德语专业及师院的物理系。我继续跟他们来往，并通过他们又认识了不少好汉和才子，那时我已见异思迁地由第一崇拜陈嘉曜而改成了他的弟弟陈嘉映。

月坛的聚会后来换到了颐和园北侧的黑山扈，因陈嘉映的爱人在那儿分得了一大间平房。

望儿山现在改称百望山，紧临京密引水渠，春秋可上山踏青或赏红，夏天可下河游泳。主要是主人有魅力，黑山扈就成了朋友们谈哲论艺讽时议政的场所，酒肉厨是自不可少的。

来黑山扈的男人中，我自觉是理论水准文化素养最低的，我是到这来自愿学徒的，便甘心地包揽下不用理论的所有活计：帮着搭建小厨房，我用水泥把那墙壁抹得起伏婉转；用铁丝钉子把破椅凳修得从晃晃悠悠变成吱吱扭扭；我帮助他们以及亲戚修自行车、搞紧俏商品、跑腿送信儿；以及陪住院病人，而聚餐时的厨房之事更是义不容辞。

能够给精英服务我觉得光荣，因为近水楼台耳闻目睹了很多有意义的东西。

黑山扈主人陈嘉映洞察人生，当然深晓“穷则独善其身，达则兼济天下”的道理。他对我讲过：人生要是有运气干上一场大事更好，但干不成也不能枉活了一场——艺术、爱情、友谊、美酒、快乐也在等着我们。

来黑山扈的人各个身怀绝技，但他们比较共同的就是关心国内外政治大事，以天下为己任，他们是真正地希望中国走上民主富强之路。每一次聚会的前一半差不多都有主题。有一次的主题是：如果我来当总理，将有哪些施政纲领。那当然不是高呼口号的革命式演讲，也不是文学化的理想表达。没想到他们对中国的工业、农业、科技都很了解，提出了很多专门研究后的答案。彼此的演讲也引发质疑和辩论——恕我记不清了，只是让我觉得他们的爱国是具体的、有责任感的。

还有一次聚会有意思，是请“文革”时蹲过6年大牢、时在北大读黑格尔的硕士朱正琳来讲他的经历。朱不像大学生，更像生产队的会计。因为好读书，“文革”时他偷省图书馆的书并成立读书小组而被打成“反革命”，在狱中以绝食、断腿等手段坚持人格。6年后稀里糊涂被放，即报考北大外哲所的研究生，却因进监狱的事在录取上引起轩然大波。那时朱正琳在我眼里才是英雄，真正的硬骨头，所以当他问到有关“四五”前后我的行为时我很惭愧。

因黑山扈主人是北大外哲所的，所以黑山扈也常有一些专题的哲学讨论，什么“在”呀、“澄明”呀等，总之，我一句也听不懂。黑山扈主人是不耻下教，他大概跟我说过几点意思：中国没有西方意义上的哲学，但中国应该有，他们有责任建立起中西方人都认可的哲学体系；他们要搞的哲学是纯学理上的一门科学，当然不实用，哲学就相当于思想和智慧方面的数学；

虽然也有为国家做大事的想法，但在没有机遇的情况下也不能小事又不做，搞好中国的哲学建设也是填补空白。

常来的有搞尼采的周国平，搞马克斯·韦伯的苏国勋，当年北大的学生会主席李君也去过几次（谁也没想到，三十年后他成了国家领导人——编者注）。浙江才子、时在北大外哲所读研究生的甘阳也常来黑山扈。他谈吐气势很大，表达逻辑清晰，对中国文化重建、中国文化融入世界文化、儒家文化的发展等问题确有己见，并有当仁不让的责任感、使命感。陈嘉映对我讲：甘阳特别聪明，论文写得有才气；他总想做一番文化事业，他也特别骄傲，敢于直接骂那些伪学术伪思想，有点造反精神。后话是甘阳联络当年的文化精英成立一个班子，协助三联出版了《文化：中国与世界》一套学术文库、一套新知文库，凡近百种，这两套译丛与稍前出版的《走向未来》丛书，是那几年的“时髦”读物，据说没几个人能看懂的《存在与时间》就卖出了好几万本。

当时北大哲学系的胡平也常来黑山扈，他是很文静的四川人，不像黑山扈主人又会围棋拳击，又会对女性温情软语。他给大家讲过遇罗克的《出身论》，说是他们这一代人最早的一篇论人权的重要文章，无论思想还是论证都很到位；他也讲虽然遇罗克与张志新都因“反革命”罪被枪毙了，遇罗克却是当局更害怕的，因为他不是搞“恶毒攻击”，而是以理服人地传播思想。那是70年代末，如果不是从黑山扈听到，我根本不可能知道这些事。他是黑山扈主人的主要谈话对手，无论是学术专业还是中国的政治经济。但后来的情形是胡平最大才干发挥在了后者身上，比如他参加了两年后的海淀区人民代表的竞选，陈嘉曜也参加了。

一度圈里进来一个纯忧国忧民的周姓哥们儿，中等身材，像个大学生。黑山扈主人说，在颐和园后山的废墟玩时，听见有人大段地背诵黑格尔的《小逻辑》，就过去结识了。没想到这哥们儿像找到组织似的，他听说1976年“天安门事件”时我带头冲进小楼与官方谈判，平反之后被称为“四五英雄”，所以他第一认黑山扈主人，第二认我。周不会玩笑，也不爱笑。他亲口对我表示过两次：只要你和陈哥给我下个命令，让我去行刺谁都行，我会配置火药，还研究过地雷。把我们所有人都吓了一跳。不过后来黑山扈主人告诉我，原来以为他通晓德国古典哲学，实际是只会背几段。

我觉得周的脑子有问题，太偏激了，黑格尔和暴力倾向离得太远了。就算当年谁拉起反对“四人帮”的队伍，也不敢收他呀。我不知怎么调理人的心理，只能对他说：多喝酒吧，多找女朋友吧。谁知他近30岁了还是童男。当时陈嘉映导师有个大龄女儿未嫁，经陈的说合，周竟与那难嫁之女结婚了。后话是，婚后一年左右周单独来找我喝酒，他说，因为是陈嘉映的指示，我就和那女的结婚了，我跟她从没同过床，我觉得她神经不正常。他无限忠于黑山扈主人，把什么事都当成重大任务去执行。后来他经济穷窘，一度在家具展看家具糊口，因为无法请我喝酒，就来得越来越少了。可能也因为他见我没什么革命理想，就知道喝酒谈女人，哪里像个“四五英雄”。

1978 年时北大已有外国留学生，有两位也常来黑山扈，那时警察已基本不管公民私下和外国人来往（在 1976 年 10 月以前是不行的）。有一次黑山扈这帮人去京西的野山玩，一个女老外和男老外也跟着来了。我们十多人是从沿河城下的火车，走芦子水过一山间寺庙，又爬过长城到的水头村（现在是旅行越野有名的路线）。那村从没见过外国人，全村都来看热闹。翌日我还用些粮票租了老乡好几头驴供体力差的骑用，大家沿着广坨山上的长城向大营盘、镇罗营方向边走边玩，把驴们累得够呛。男老外的手磕了大血口子，问我怎么办，我拿二锅头浇在他伤口上，他大叫，我心说谁让你挨着女老外睡觉的。

大学的生活很疯狂

我报仇似的攫取生活，用句当时的玩笑是：把“四人帮”给我造成的损失夺回来。

在工厂的那五年，按说是青春劲最猛的阶段，但由于没有性的成分，活得比较畸形。参与的一场政治事件，就仿佛赶上了一场稀里糊涂的恋爱，而随后的“隔离审查”又像是稀里糊涂的失恋。

而大学，给我补上了青春课中最重要的内容“女人课”。我们师范类院校，女生占一半比例，且大多都未婚。满校园的男生我仿佛看不见，满眼都是青春得直冒油的女生，哪怕长相很一般的。但“大学生表情”可能是粉碎“四人帮”后那几年最时尚的女性表情，因为这种“美丽动物”在“文革”中断了十年了。那时谁（尤其是非大学生）要能跟个女大学生谈恋爱，是很满足虚荣心的。

不知是我在大学开了眼还是工厂姑娘老得快，大学期间我回工厂，发现原来的美女都不见了，关键是她们脸上的确没有骄傲以及理想无限的表情。并且整个工厂的生活在我看来像“旧社会”：带汗水的体力劳动，油污的工作服，噪音的车间，午间低劣的游戏——脏乎乎的纸牌和象棋，还有我昔日那些工友脸上一副副瞎混的神色。那次我是耐着性子，吃完了给我打的饭。这次我也了解到，聪明有本事的青工，大部分都上大学走了。

在大学里，我有一种实现共产主义的感觉，“各尽所能”地读书交友，“按需分配”地去收获知识和爱情。校园里都是有文化的人，文化就算“校园共产主义”的气氛吧。

大一的时候我第一次喝醉。大概是五月的一天晚上，我去西单体育场参加北京工人业余拳击队的训练。那天的练习赛我打赢了比我高的一个学投掷的大学生，很高兴，与队友去西单路口西南的又一顺喝啤酒。当时啤酒四毛一升，以塑料大杯盛来。本来我俩各喝三升就够了，可邻桌听我们交谈后特羡慕我们会打拳，非送我们每人两升。每人五升后，还没到木樨地就摔得人车分离几次。我俩爬起来，大着舌头说再见，他去永定路，我要去花园村。骑到三里河经委会，又摔了，也吐了，“嗷嗷”的。浑身没劲儿，就睡在马路边。后半夜冻醒了，见旁边有经委的上访站，就进了那个大屋子，在横七竖八的人中，拉开某人的半个被子就钻了进去。那人问我干嘛，我说跟你一样，挤挤一块儿睡吧。睡到天亮，因车的脚蹬连杆摔弯只能推着，非常疲惫地回到宿舍，人问：你被谁打成这样，脸也肿了，衣服也破了，你不是拳击特棒吗？

校园里，我追一个低年级女生，经常一块儿玩一块儿吃，但她就是不让碰。一次我去她宿舍，敲门没人应，推门进去，见仅她一人在午睡。我斗胆极轻地亲了她嘴唇，又端详她的睡容，然后写了条子塞在她的脖子下：你在睡，我亲了你，柔软深刻，我幸福，感谢你，对不起，没得到你同意，但谁也没看见。

这招真管用。她没怨我，从此更亲密了，再后来我们就非常好了。晚自习时，我的宿舍就成了我俩的天堂，同舍的同学都非常识趣。那时我们的校规有一条是不允许谈恋爱，我反正不吝，只要保卫处的人不破门而入是抓不到我俩在床的。一次她在我宿舍舍不得走，可是马上就到该熄灯的点，自习的同学也该回来了，我决定冒险。我睡上铺，且我知同舍一般都是熄灯后（灯火管制，拉闸）回来，以手电铺床就寝，我就让她睡在里侧，同舍回来后没人察觉。糟糕的是，我的下铺被一双鞋绊了一下，那正好是她的鞋。不一会儿，宿舍走廊有人打架，看完热闹的蹿到我宿舍，蹬着床梯就摸我拉我（他有跟男生起腻的习惯）。我吓坏了，她也吓得缩到被子里面。我忙说：今儿我又累又困，别闹别闹，明天我请你吃甲菜。他走后，我的下铺又开始抽烟，烟雾上来，我的女友以手指在我肚皮上写“我要咳”。我急中生智，先大声咳起来，让她的小咳嗽夹在其中而听不出来。我俩挤在一张小床一动不敢动，谈何快乐。她又在我肚皮上写“想走”，我于是下地，凑近所有同舍的鼻息，知道他们已经睡死，才将女友从床上抱出门。出宿舍楼我俩大笑，好玩死了。

我上中学时真的迷恋、梦想过共产主义，也对坏人说的“共产主义就是共产共妻”觉得是诽谤，觉得共产主义反正美好，并且我们能赶上。但后来工厂的生活，尤其是成为“反革命”后，共产主义气球在我这儿破落了。而大学生活这么美好，我受共产党教育也有十多年了，心下还犹豫：我这过的是不是太资本主义了，我们社会主义没事吧？

我的大学位于玉渊潭乡的八里庄一带，学校往西七八百米即是昆玉河。河西岸是慈云寺塔，据说与慈禧太后有些关系。学校的北面、西面全是菜地，东南三华里是玉渊潭，东北四华里是紫竹院。

八里庄有一个农民澡堂，大池及淋浴，每人一毛五，那时各单位还发每张两毛六的澡票（亦可理发）。我与我们班的“第一善”刘忠义在八里庄小饭馆每人两杯白的之后，即去泡又脏又臭的大池子。澡堂特笼音，唱点《莫斯科郊外的晚上》《小路》

《山楂树》，常常陶醉得不行，泡到水凉干干净净回到校园，晚饭花一毛二分吃面汤和馒头。然后，“第一善”回宿舍拿上他带半音（有一个小摁柄）的口琴，招摇地吹着就去了操场。

粉碎“四人帮”后的“拨乱反正”，使中国各方面渐渐恢复正常，也使压抑许久的人性得到了复苏。文化艺术也在解冻，国外画展影展的进入，音乐歌舞也渐有人情味，外国名著的大量出版，老百姓旅游也不怎么受盘查了。

大学时期也是我的旅游高峰，有寒暑假呀。一个暑假，我借政教系一个新疆汉族同学的学生证，以半票去新疆，北京到哈密才四十元左右。羊肉串是五分，西瓜是二分一公斤，葡萄是一角二分，吃疯了，直拉稀，每天要吃近半两的黄连素。在天池，我逞能跳进去就游，冻得头疼，上岸时有人问我冷吗，我说不冷又“啊……嚏”。我那次还去了敦煌，柳园下车后，以学生证好说歹说没给那司机钱而搭车去了莫高窟。

忘了哪个暑假，我一人从黄山下来就上了九华山。快到山顶的观音峰时，一个老和尚挽留我在他的庙吃住了四天，吃拌茄子、炒菇木耳以及米饭。晚上睡在他的乌木双人床上，他去一边睡小床，夜晚提一个木制夜壶叫我。临走他借我僧服合了影，又给我写了“自己身上事，何必要人催”。后来得知，他是九华佛教副会长真果法师。

一次是寒假，我和同学史大明坐火车到沙河（今五台山站），徒步两天，还翻了雪山到五台山。一下被一个叫演法的和尚喜欢，他请我们住在茅蓬寺（碧山寺）。寺的住持寂度法师对我俩很好，我俩每晚与和尚同吃同住，白天拿着寂度开给各大庙的介绍信去玩并免费吃那些庙的斋饭。寂度面略黑褐，长得像印度人（他后来是五台山佛教协会的会长），不多言语，笑中有慈悲。我与史大明偶尔也在台怀镇上吃点肉和酒，那时刚恢复宗教信仰自由，"文革"时还俗的和尚陆续回来。每月政府补贴十二元生活费，但他们自己种粮和菜，庙里天天吃的是黑面馒头和熬菜。我与史还特意去了趟南山寺，想见一位老尼姑，据说她是毛著里提过的被美国兵强奸的沈崇。但一位小尼姑告诉我，她去太原治病了。我对佛教只有新奇而无感悟，凭着历史知识说些汉武帝、梁武帝等与佛有关的事，再直言提些问题比如性欲怎么解决，等等。临走，演法和尚以毛笔给我题写"秽心贪欲，清心寡欲，静心离欲，圣心无欲"。寂度法师和我们合了影，还塞给我们一布兜黑面馒头。我们又是晃着学生证搭车走的，那时的学生证好像比党员证好使。

还有一年暑假，与语言学院的肖长春去海南。在海口天天被我以前的拳击老师招待吃牛蛙，他也说实话：这个便宜，两三毛一斤，猪肉要八九毛呢。又去崖县（现在的三亚市），吃住在拳击老师介绍的熟人谢老师家，天天吃鱼。谢说：杂鱼七八分一斤，菜一角一斤呢。那时崖县最高建筑才两层，土极了。去大东海、海角天涯根本不要门票——也没有门，空荡的海滩，随便玩。我们还与南宁的几个女大学生联欢，比如打牌，输了喝一小口海水——海水喝着跟看着可真不是一回事。

在系里我当然是旅游专家。爬北京郊区的山我只带男生，12 月份，我们爬上带雪的东灵山，上山前为防风吹每人脸上抹了香肠中的肥肉而被老乡吓唬会招豹子。三天骑车来回，登的百花山，回程时饿得偷菜场的大蒜吃，吃得胃里野兽乱窜。从大海坨山下到村后，村书记非要给我们讲本地抗日史，把我们烦困得够呛。爬雾灵山时住老乡家惹了一身虱子，被咬得越爬越快，后住在山顶，转播站的站长招待吃饺子，当然免费，交换是我们跟他谈文学。那时我就开始系统地爬北京的有名高峰了，多年后我已经是民间的北京山峰专家，有笔记十万字。

大学那几年，我的生活很疯狂，报仇似的攫取生活。用句当时的玩笑是：把“四人帮”给我造成的损失夺回来。所以一次我们的政治辅导员还批评某同学：是自己的错就自己改，不要把什么责任都推到“四人帮”身上。

客入黑山扈，常携新醉离

信念和精神是虚的，但没有它，人，不知其可；如果该坚持的没尽量坚持，造成伤害结果有一半是对自己的，你就永远“残”了。

黑山扈主人陈嘉映颇好诗酒，为人不吝。他以译著换钱买酒，邀新友老客，酒质不算上好，以量来补，加之他谈吐灵光，小助酒香，让人能把一两块的酒喝出五粮液的价来。来人有酒的带酒，有人的带人，实在不行，有思想的带思想也将就。渐渐地这里就成了朋友们谈哲论艺讽时议政的场所，盖因为主人的魅力。后来人马越来越多，被外人称为黑山扈帮（但绝不能简称为“黑帮”）。

喝酒自然是来黑山扈的题中应有之意。一进家门，就能看见墙上一幅字：客入黑山扈，常携新醉离。聊的话题都是海德格尔、马尔库塞、维特根斯坦啥的，那酒喝得就有些抽象：喝了不少了，还正襟危坐，只是满口思辨醉成几个教条或零星的词了，杠抬来抬去，话就少了，比咽酒的声还少。

我不懂哲学，只是给他们添菜上酒，劝他们歇会儿，这种哲学酒，喝得多累呀。于是下了一层台阶，但离真正酒后话题还很远，不过是聊聊白鹿洞、稷下学宫、雅典学院啥的。时有刚才喝多又辩输者出门一会儿，脸色苍白地回来，嘴角还没擦净呢。

在黑山扈也不是总喝劣酒。偶尔也有人带黑方，威士忌装在方瓶里，黑色的商标，样子就不像花花绿绿的俗货。酒色杏黄透明，有点像特晴朗的那种黄昏色，酒液较一般酒黏度高，在杯里晃不出响来。那种酒是限量的，每人能分到大约一两。黑山扈主人会讲外语的朋友最推崇此酒，仿佛这酒跟英国乃至欧洲的文明都有关系似的。像我这种惯喝二锅头的便肃然起敬了，虽没喝出太好，但努力往好了体味，又怕盛惯破酒的胃糟践了这洋酒，便倒给别人一些，单去喝点白酒。也许这酒真好，反正他们小口细咽，半天咽下去的表情跟刚给谁接了一个香吻似的。关键是，那口酒准能顶出一句妙语，连挺浪的意思都能说得滴色不漏、高雅如月。我喝的是下等酒，话也就偏糙些，但经他们一接，就把意思给包圆了——就跟给一个下流胚穿上西装似的。

西山是太行余脉，黑山扈算西山支脉，稍晴，站在黑山扈的望儿山顶，南面一片镜子似的是昆明湖，西望，群山逶迤不尽，那处树木最葱茏的就是香山了。一次，我跟两个姑娘说，沿着这山脊可以走到香山，一路没有人迹，没准还有原始森林呢。她俩嚷嚷着要去。我说，那可跟探险似的，你们必须带够酒肉。三天后在黑山扈集合时，她俩除带了一网兜罐头罐啤之外，还带了一男的，跟保镖似的。先翻山到了一个山谷，有一座残断的拱桥，桥边有古柏。当时是深秋，阳光不冷不热，天蓝如梦，一坐下特想多待会儿。我提议吃午饭。她俩说刚十点多。我说，野餐嘛，无所谓时间。我打开一啤酒和罐头，劝她们，喝完酒爬山轻省儿。我喝了两罐，罐啤就是比瓶啤好。身下的草很软，又有残石挡风，阳光使酒后的脸想闭上眼睛，她俩非催我赶路。沿山林走，小路上全是陈年落叶，一踩一弹，时有野鸽惊起。面前出现铁网，我说钻过去。十几分钟后就有端枪大兵喊站住。我过去解释：是为讲地理课备课特来走访。磨了半天，当兵的急了，说要再不原路返回，就把你们带走。我带着沮丧的她们返回树林，说：这林子就挺好玩，咱们喝酒吧，省得背回去怪沉的。她俩问：你成心骗我们的酒？我悄悄告她俩：要是我一人带你们俩姑娘准能过去，那当兵的看有两个男的当然不放心。她们说：不带他我俩还不放心呢。

有一次来的姑娘多，正是夏日。屋里喝了一通啤酒，还是热，心里也热，姑娘们的身体在薄装里特健康、特满，电扇把那些身材吹得像涂了层彩色的皮肤似的。我提议去门口运河游泳，她们说没带游泳衣呀。我说：大晚上的没人看，看也看不清啥；要不我们把游泳裤借你们穿，还有背心。到了水边，她们迟迟不下，我们几个就把水花弄出特凉爽的响声。她们下来了，只留一个在岸上抱着衣服随我们走。月色如银，水里一片玉臂。男的在四周保护，顺水而下。听见她们小声说老往下滑，我们笑着插说：游慢些，让水阻力小些就不会滑了；要不就任它滑下，用手攥着，上岸前再套上嘛。她们在水里的笑声都很清灵。游到青龙桥，专寻了暗处上岸，月光虽不及日光，但照清她们贴紧肌肤的小衣小裤还将够。换下湿的，她们只好空心儿套上裙子往回走。一阵大风吹来，掀起她们的裙子，我们听见美丽的尖叫。

一次大家带酒登房后的望儿山，由于有几位姑娘，男人们就争先左拉右搀，每个女孩儿的手都有人携着，女手少，男手多，弄得空手上山的比搀人上山的还步履沉重。山顶有废墟、光石，正好摆酒。为了不让佳人浪费，特意让她们岔开了坐，隔两男坐一女。传说望儿山是佘太君在此俯望七郎而得名的。在山顶，西望北望皆群山，东南望见一群雾气蒙蒙的楼就是京城了。酒后该弄些节目了，谁也不好意思单独叫上个姑娘去钻树林，便集体活动。一大堆热闹中，最臭的一个是某君临风背了一段黑格尔的历史哲学；吟得最好的一首诗是另一君站在墟顶，面冲东南方京城，满脸无限做作状，诵道：站在望儿山顶，啊，我们望着北京。有人笑说：这不等于说北京是我们的儿子吗？

黑山扈北面的林子出苹果，那儿的苹果特甜，不知为什么，反正那果林边上就是回民公墓。

一次在黑山扈喝了通宵酒，满屋烟云，连酒精带尼古丁弄得人又困又睡不着，一个脸被熏黄的姑娘想等第一班汽车，怎么说殷勤话她也没劲儿感动。我说：跟我出去透透气。她一出门，吸了几口气说：那屋子里简直没有空气。我说我带你去一个空气更新鲜的地方。

沿着山麓小道，我要搀她她还不让。夏末的清晨，山野很静，空气是淡蓝色的，东方正是霞前的灰白。她指着前面问：那一块块发白光的是什么？我一看，晨曦中的墓碑惨白惨白的，在林中一闪一闪，我说：到了就知道了。渐渐那每个白碑后面的坟丘显眼了，她突然拽住我的胳膊喊：这是坟地。我说：别嚷嚷，别惊动了他们；告你吧，这儿的空气最新鲜了，特养人；我带了罐酒，咱们坐这儿喝吧。她偎着我使劲摇头。我说：坟地是最干净的地方，西方的坟地都在教堂边上。这时东方红了，霞光映在墓碑上，红润润的，我也觉出她半边臂膀挺软。我问：将来你死了想有块碑吗？她茫然地微笑看我。我把那罐啤酒打开，喝一口给她喝一口。我说真的，你在有生之年，要尽量多请我喝酒。她说行。我问后天晚上行吗？她问：来黑山扈吗？我说：不，去我那儿吧。走出坟地，我说：你变得更漂亮了。她说骗人。我说：你不懂，因为坟地里的空气和环境最洗礼人了。

黑山扈主人插队时练过拳击，来的客人中也有正学拳击的，若干回合酒后，都各自比画两下，但没拳套，便有狂者说：别对练了，万一把你打坏了怎么办。更狂者说：没事，你就出拳朝我脑门打吧，看看我的脑门和你的手哪个硬。练过的人都知道，拳击手套的一半作用在于保护自己的手骨。终有一日，有朋友左手拎酒、右手拎拳套来了。本想酒前练，又怕彼此太熟下不去手，等喝得瞳孔比刚来时大了一圈，就有人给他们系上手套了。那拳出得比云飘确实快一点，一出了空拳身体就收不住倒在对方身上，看得出双方都想把松散的目光收得凶狠些，结果眉是皱出狠劲了，但眼光还是跟老绵羊似的，每人脸上都挨了几下，那被击中的白脸很快又被酒红铺满了。一个姑娘看不下去了：你们俩打太极拳带着拳套干啥呀？

在 80 年左右，黑山扈渐渐小有名气了，有些外地学子专门拎着论文和土特产来拜会黑山扈这帮高人，给黑山扈主人累得够呛，因为他得费时间看那些文章，而大部分又不忍卒读。他跟我抱怨过，有人先天不适合搞哲学却一入好多年，可我怎么给人家泼冷水呢；又说有人狂妄自大以井口之天度天下，几乎变态，这种“伟大”的人我只好怠慢了。

隔三岔五地就有姑娘要来见见它的主人和那帮“门客”。造访的女大学生多是才大于貌，可架不住黑山扈的老客、时在北大外哲所读黑格尔的朱正琳偏不怕姑娘有才。按说他的长相不算上乘，姑娘们却都爱围着他，他常常一讲就一夜。

当然姑娘更爱单独请教他一些问题。我们常酒后不怀好意也不无美意地在后半夜看看西窗的屋内：屋里烟蒙，朱君坐在沙发上，茶几上几个空酒瓶，姑娘仰头端坐着，像聆听教主在布道。隔窗我们听不见啥，只见朱君那张嘴开合纵横，姿态万变，如一个精缩的舞台——全是大戏。第二天一早，我问朱君：谈到天亮？又浪费了人家一夜青春吧？朱君道：你不是就想在人家那儿浪费一下青春吧？

常泡黑山扈的除了我这不学无术的酒赖子，还有谦谦尔尔的学子。有号称“最后的名士”的赵越胜，眼镜片上好几个圈，全是叫古希腊罗马什么的书给闹的。我若讲了段酒后男女胡闹的故事，他准得跟一个狄俄尼索斯的洋事来雅正一下，仿佛有高贵精神笼罩的俗事才值钱。在座的姑娘也往往褒他贬我，有一次酒后，我对赵君说：你讲的，她们爱听；我讲的，姑娘们爱做。他问：你是不是又想叫上个去河边“散步”？我说：哪能那么快就从“酒神精神”落到“酒神行动”呢？不着急！他说：你小子就钻我们的空子吧！我说：分工不同嘛，我照顾的都是你们照顾不到的地方。的确，赵君酒后谈吐更潇洒，兴头上还唱一曲意大利的咏叹调，总是在散席时把姑娘们的情致逗得高高的，告别后，她或她若有所失，于是就不会拒绝次一点的人送她走，至于怎么送、送什么，就看你会不会借着她兴致的惯性了。所以赵君总在我要送的姑娘耳旁小声说，“要当心”。

黑山扈聚会时，只要有徐友渔在场，不管酒喝到什么程度，他准得把话题引到严肃的方面去。他是纯学问人，除了罗素和维特根斯坦哲学般的语言，他描述日常的能力是“我儿子的小脸像苹果一样红润”的水平，弄得我们一辩输了就问：你儿子小脸像什么了？

那次喝酒，老资格的朱君问徐君：之所以还有英雄是因为统治者的刑讯还不够科学，这话是不是罗素说的。徐君点头，说：人的意志当然抵不住刑讯科学。我问那怎么办？他也半天没答，小喝一口酒，才说：只要尽量坚持，要坚持到坚持不住。我问：那结果不是一样的吗？他说：这就该体现出对精神的追求了，坚持一分钟就是一分钟精神的胜利。朱君接道：信念和精神是虚的，但没有它，人，不知其可；如果该坚持的没尽量坚持，造成伤害结果有一半是对自己的，你就永远“残”了。一席话说得大家酒都醒了。我赶紧说：美人计也让人受不了。朱君说：别做梦了，美人计都是在大刑之后才使的，像你这样的，能坚持到美人计阶段吗？我说：那得看那人儿有多美了。若是绝美的话，一定会增加我忍受大刑的能力，我一定会像徐君说的尽量坚持。徐君笑了道：这倒是合你的生活逻辑。

黑山扈也就一间半平房，好酒赖酒都明摆着，好酒往往是空瓶，万一二锅头也喝光了又没钱，就叫上收酒瓶的，立马能进手好几块。主人好客是次要的，关键是男男女女都“好”他，不嫌倒车之烦，赶一二十公里来。来的人总是拎酒来的，一般女客拎来的酒，都比男人拎来的贵，比如干白葡萄酒就是裙钗的惠赠，才使黑山扈男客们学会赏爱。“干白”是比“白干”要儒雅些。

黑山扈主人每周去一两次北大，剩下就在家了，说是著译，每次我去时，多半见他在和来客喝酒或下围棋，也不知那本三十多万字的《存在与时间》是怎么译出来的。当时存在主义时兴，总有可爱的大学生来请教，他就直瞟我。我若看她带来的酒一般或她长得一般，就胡乱解围说：存在嘛就是活着，时间嘛就是过着，存在与时间嘛，就是在活着和过着之间寻找诗意，比如你我之间的这种酒——来了，干的时候就是“存在与时间”。

最后一次黑山扈聚会是在一个秋天。山上的枫叶都红了，那山腰山头合起来，眯眼一看，跟匹红马似的。不一会儿，我们就都在那山腰上了，这儿的枫林没有游人，拣一处林中坦地，摆上酒。不用铺塑料布，用力摇几棵树，落下的枫叶自然就铺成红毯。头顶也是红蒙蒙的，露出的零星蓝天，跟紫色的星星似的。不管脸色多不好的人，一进这枫林中都气色绝佳，酒还没喝多，就全是红晕晕的脸了。

黑山扈的主人陈嘉映马上就要出国了，大家不断跟他干杯。姑娘干着干着，话就少了，若不是林中红色的空气，她们的红眼圈就显了，还是眼尖的人看出一点湿润。男人们故意说着轻佻的话以减减沉重的别意。上次背诵黑格尔那人，忽拿出一手绢，打开，是土，对黑山扈的主人说：带上祖国的泥土吧。所有人先一愣，就转伤感为笑了。当他欲接不接时，有人解围道：你们看，他土得直掉渣，本身就是一块土，就不必再带土了吧？有人又插话道：这几个好姑娘你也带不走了，干脆你把她们的感情都带走吧，剩下的就留给我们了。

校园竞选，我把自己看走眼了

难道在他们眼里，红色的精神毛病与黄色的作风毛病这两种人的外在或气味相仿相投吗？

在校园内，我的名声一日坏似一日。从“四五英雄”到“中文系大流氓”这路，我走得一点不坎坷。我听到对我的这样的议论（别人传的）：看来参加“四五运动”的人不见得都是好人，跟着闹事起哄呗；所谓“四五英雄”可能就像是臭流氓赶上了革命，跟着潮头走呗；和平时期更能看清一个人的一般道德水平。我不太在乎别人对我怎么看，一是好哥们儿没觉我特别不妥，二是我有一句自造的座右铭：不必勉强改正你的错误，再多做出成绩就行了。

仅两三年光景，“四五运动”在我心里已远了，天安门在我心里就是一个著名古建筑，与政治无关，深入友谊、旅行、读书写作、追女孩子是我当时生活的主要内容。我能三天连续在紫竹院门口等一个我追的女生，我能从天亮到天黑地打羽毛球，我能中午下午晚上一天约会三个女孩并至少有两个是深刻交流，我能两天不吃饭而游山玩水（钱花光了，仅吃二十多颗花生米及两根黄瓜），我能在水房就着低瓦灯泡看一夜外国小说，我能两天之内帮同学做一篇七千字的教育学论文，我能每天写十首诗，我能带着两个互相嫉妒的女孩一起吃饭。大学时我活得畅快，半疯，除了在田才子和黑山扈帮的精英面前，我活得比较牛哉。

大概是1980年的时候，北京市的各区县开始了区人民代表的竞选活动。自由竞选，谁都可以报名，而后由公民投票表决。这真是一声在中国大地上前所未闻的春雷呀，开始我们都不太相信。

有几个同学怂恿我，大意说出我的优厚条件：你参加过“四五”，是老革命；你都跟政府的代表谈过判，肯定能言善辩；你形象好云云。我是一点都没心动，只想当个看客。那时竞选，先要报名并贴出自己的竞选纲领，然后对选民进行演讲并回答选民的问题，最后才是选民投票而选出我校仅一个名额的海淀区人大代表。也就是说，要在我们师范学院的上万名教师工人学生中不限职业地选出一名能帮我校及海淀区人民说话的人。

那一阵校园里很是热闹，到处贴的都是“我的竞选纲领”及其支持者的大字报，学生食堂、主楼前广场等空场常有竞选演讲，选民们互相说服甚至争吵拉选票。虽然仅是区区的海淀区人大代表的竞选，但选民和候选者都很投入，像是真的在“行使公民的权利”。我记得我们校有七八人参加了竞选，好像只有一名教师（数学系），剩下的都是学生代表。

演讲、辩论了一段时间后，自然淘汰了一些代表。在离投票日近一日的时候，我校仅剩三名选民呼声较高。一是历史系的刘源（刘少奇之子），二是政教系的蒋效愚（兵团返京，我校合唱团男中音），三是我们班的生活委员张中天（来自平谷农村）。刘源的支持者相当多，我去现场听他演讲及答问有这样的印象：他及他家在“文革”遭受的迫害很博得大家的同情，欲投他票的人中不乏“文革”中也受过冲击而更有清算“文革”、实现民主的要求者；二是刘的演讲文雅优柔，对于粗暴的提问也能以情以理地回答；三是高干出身的他可能天生有政治素质，演讲的内容不温不火却条理清晰，略有政治家风范。

我班的张中天以“平民代表”自居，的确他生长在农村，入学前是一名农村教师。他对选民的许愿也很有诱惑力：平民代表只为广大老百姓说话，因为最理解底层的需求，如果当上人民代表将为师范学院，尤其是广大学生谋取最大利益。

在高干子弟的刘源与平民代表张中天的对峙形势下，也有蒋效愚的优势出来：蒋当过兵团战士，经过广阔天地的锻炼，而 77 级 78 级中颇有插过队的去过兵团的人，知识青年容易有共鸣；蒋不似张中天那么表达激烈显得是农民要造反的样子，也不似刘源那样有高干上层的背景——老百姓对高干总有一种莫名其妙的反感；再就是他嗓音洪亮，人也较高大，一看就是“你办事我放心”的样子。

竞选在热闹地进行。各自的竞选班子大肆活动，不乏针对对方的拆台行为。比如揭露某女歌星与某竞选人的暧昧关系——好像生活作风不好是选民绝不能容忍的，至于披露某竞选人不为人知的好人好事的大字报就更多了。在竞选演讲、答问的现场，也常有人提出刁难的问题，也肯定有托儿提些竞选者喜欢答的问题，起哄、吹哨、鼓倒掌者也大有人在。

张中天在我班勤勉地为大家做生活委员，人缘不错。他好古典文学，尤能背些“天将降大任于斯人……”“先天下之忧……”“燕雀安知……”等励人名句。他的“参加竞选声明”是以古汉语写的，陈词慷慨，造句豪然，这都出乎我们预料。他本有一个以农村同学为主的竞选班子，可一天非要请我与田才子喝酒，是为了让我俩加盟他的班子。吃喝得挺好，我俩也顺水推舟了。他认为我有丰富的政治经验，而田才子有鬼才，计谋多端，说是我俩一加入他的竞选便胜利在望。他认为自己最有利的条件是农村来的学生都会支持他，而我校有 60% 来自远郊区县的学生；他的最大对手是高干子弟刘源，一是学校干部子弟太少，二是大家同情他父亲的遭遇才支持他，是不看僧面看佛面。

我和田才子也没想到对张中天的支持率会逐渐上升，几乎与刘源平分秋色。吃人家饭，就得替人家干活。我和田才子混在听演讲的人群里将事先准备好的条子人传人地递上去，以利张中天在上面尽情发挥。但我也并非全是恶意地写一两个诸如“你在学校恋过爱吗”“你看过黄色电影吗”的条子递上去，没想到却令他脸红而言辞跌撞。张中天布置我俩去校园贴利于他的大标语，我俩一直耗到天黑才去执行任务。隔三岔五张就请我们吃喝，他那时极亢奋，满脸红亮，瞳孔如钻石，口出铿锵，似根本不在我们俗人的层次。我与田才子肯定开了类似的玩笑：你竞选成功后得多少美女追你，到时发给我们一两个；将来你当了大官怎么也得提拔我俩。张也肯定大拍胸脯，许的愿比我们的要求要高得多。张还可惜我不参加竞选是浪费了政治资本，说是现在形势比 1976 年时更有利于参与和实现真正的民主。我和田才子知道在竞选期间张中天约过几个女选民到玉渊潭谈过话，但结果并不美好。

竞选那年，社会的政治形势不错。邓小平在把握着中国改革的大方向，当时党和国家的领导人正带着中国人民欲进一步改革开放、抓好经济、健全民主与法制、奔往小康。民主竞选当然与社会大背景有关。

我们学校的区人大代表竞选后话是，刘源与张中天得票都高，但均未超过选民的半数，于是按规定重选，选民几乎一边倒地选了数学系的一位老师。可谓无心插柳者，享荫天落成。我同时知道，黑山扈帮的陈家老二陈嘉曜也参加了人民大学竞选，成为有名的辩士和民主思想传播者，而胡平在北大获选——他天生就是一个思想理论家嘛。

志在必得的张中天虽票数最高而未出线，我们劝他以“虽败犹荣”“运气与荒诞”等。他后面的故事更有戏剧性。

毕业后他来找我喝酒，又鼓吹形势大好，英雄应该出山，我仅敷衍。后知他领导 × 建公司的工人罢工静坐，为这事当时的北京市长陈希同还批过条子。后他流浪内蒙古，买两峰骆驼回到平谷，每日遛于市而成为一景，终因无力购买草料而以肉价卖了“战友”骆驼。他根据推背图的暗示去了伏牛山，每日一袭白衣游说贫苦乡民，终在起事欲占县武装部、广播站的前夜，被副手告发。红色电话告知北京后，仅有火枪镖枪的他被逮捕。他被关在公安局放了水的地下室中——而楼上我的朋友于洋因在当地开发钼矿正与公安局长谈事。张被判了八年徒刑，满刑后他又找到我，详说经历，却斗志不减。那时他以送冷饮谋生，住在亲戚永定门的家中。那时他脑门明亮，但一只眼出现了白内障。他在狱中受了不少苦，却笑说每日练内功，背铐戴得很舒服，牢友都服他云云。后老同学吴洙、田杰赞助其上万元开饭馆，我们还去吃过。他说在珠市口一带平趟，工商税务都不敢怎么着他，他手里有陈希同对他的特别批示。没多久那间两层的饭馆垮了，约两年后知他死于心脑猝疾（以后我要以韩东的《古杰明传》风格为他写一个）。

1976 年 4 月在广场上，由于虚荣和疯狂，我把自己看走眼了，拿着胡闹当革命抑或相反。1978 年 10 月“四五”平反，我清楚自己是块什么肉，却让系领导乃至校外的“四五同志”打眼了，否则我也不会两次在英雄报告的主位上。后来我又让我班的竞选积极分子、最恨贪官污吏的张中天看走了眼——他多少次游说我，不仅是凭嘴，也凭他辛苦挣来钱换的酒肉。估计他至死也以为我真像我说的“时机不够成熟、经费不够富裕、要做就做大事”。我对不起他！

我跟田才子也议论过：真要搞什么大事，肯定不能带张中天，激情和蛮干最容易误事；况且张平时正常，但一涉及民主和革命等问题他的精神就不太对。有时我猜想，这是否与一直没有正当发泄性欲有关？真他妈奇怪，另一个革命积极分子也是一谈政治就显得精神走别筋，他俩怎么都以为我是他们的同类甚至让我领着他们干呢。难道在他们眼里，红色的精神毛病与黄色的作风毛病这两种人的外在或气味相仿相投吗？

尾 声

1976——我的好运年

1976年我的运气太好了。先是大搜捕天安门闹事分子时我躲过了抓人风潮，接着是没隔离审查太久又赶上了“四人帮”倒台。“四五事件”平反后，有个工友看到了王府井人民日报社橱窗中我当时表情疯狂的照片，他也说不太像我。我还能记得一些情节和感觉：爬到纪念碑的浮雕上才发现纪念碑特大，是高耸云天，那个“朽”字离我最近；4月5日前一两天我是偷偷摸摸将我写的诗挂在广场某一大花圈上的，然后总是溜达过来，可惜没什么人围着它看，可能我那诗太文了，不刺激，虽然很讲究格律；在小楼与当局代表谈判时，战士给我们的水杯中有的印着“献给最可爱的人”——那是抗美援朝时志愿军专用的；4月5日早上纪念碑及四周很干净，还有水渍，肯定是夜里彻底清洗过；在大会堂台阶念《告工农子弟兵》时，是第一次使用手提喇叭，它发出的我的声音有点奇怪；那天我穿的白色高腰回力鞋，是当时最好的篮球鞋；那一阵中山公园不开放，人民大会堂的楼顶平台总是有人；大部分人的表情是喜悦大于哀伤、活泼大于严肃——不怎么像悼念周总理，更似过节，的确有小痞子、胡同串子起哄比如喊“打丫的”之类的闹事。

我还记得我被隔离审查的一些小事：去厕所慢慢地走慢慢地回，认真地打量视野内的每一个女工，心说成了“反革命”后怎么搞对象呀，我那个东西还没用过呢；趴在窗户上看中午打篮球的场面，心里随着场上的持球者做同样动作；心情稍好时把写交代当成练书法，能以钢笔写出类似钟绍京小楷那样的字，沮丧时则瞎写，那字像叛徒一样恶心；有时小声地唱《国际歌》自娱抑或找悲壮感；无聊时默背我所知道的诗词，有时过一个唐诗之夜而忘记时间地点；学会很香地趴桌睡觉，有时哈喇子流在了认罪书上；我没哭过，但在专案组的吓唬面前，真想做出痛哭流涕的样子；下决心等解除隔离后，一定好好吃喝以及旅行，绝不掺和天安门的事。

1976 年秋冬之际，厂子为我平反，恢复正常生活，没什么人过多地打听我那时的事，更没人歧视或抬举我，因为我犯的不是作风、偷盗方面的事，一点儿不好玩，大家没兴趣口传。

1976年平反后，我又可以回家蹭饭，工资我得攒着用于出去玩。我家可能也觉那一阵没顶住压力把我开除家籍有些对我不起，便在伙食上显出了诚恳歉意。我妈擀的面条以及粉丝豆角肉末卤很不错，我还爱吃家里的肉末黄豆炒大头菜、带鱼烧心里美萝卜、肉皮丁炸酱、煎带鱼小黄花鱼、炒茄子，但我父亲酱的牛肉很一般，因为我爱吃炖肉。有时我还陪着父母包包饺子，却再也不用像小时候因为包得难看而被拧腮帮子了，也不用再被罚吃自己包破的饺子。

跋

1976 年以后我才活开

1976 年我 21 岁，现在回眸望过去，我那时一半是傻 × 一半是牛 ×。1976 年以后我才活开，越活越爱活，越活越觉得离死越远。

1978 年至 1982 年的大学生活，让我在感觉上有共产主义的味道（纯褒义），美好，自由，丰富；抑或说过得够资本主义的，免费读书吃饭，跟女孩子乱好而不会被抓。

1983 年 5 月，我在一中学干了半年多语文老师而退职。上“最后一课”时，不少学生都哭了。据几年后高考监考语文的大学同学讲，正好是监我教过的那一班，不少学生的记人作文写的都是我。我当时辞职一是为自由蓄谋已久，二是我个人无力改变语文教学的无聊，而组织全市语教罢工我又没这个胆儿，我可不想再碰国家机器的汗毛。

大概是 1983 年 10 月，我流浪在福州，给福建师大中文系讲“文学的黑色幽默”时被当场铐走关了四天，那时正是全国从重从快打击现行犯罪的高潮。流浪时，在上海《青年报》当编辑，以知心大姐姐的口吻回复少男少女的来信。在成都开小拳击班，收吃收喝不收钱。在北京也代过课，教自己不擅长的语音学、马列哲学以及古汉语。一次在音乐学院的教室，嘿，底下额边有痣的不是关牧村吗，她眼睛真大。

从 1985 年起，我就系统地去西藏了，走过国内所有进藏路线（共五条，一条是走结古、囊谦、老类乌齐县），去过十五次西藏，包括冬季。近几年是中科院地质所开放室及刚成立的青藏高原研究所专聘的野外炊事员，三次去河里，一次进阿尔金，也去过墨脱和大拐弯。内蒙古所有的旗县我分十几次都去过。新疆，多次去过，也骑车从北京用一个月到过，除楼兰、尼雅遗址基本都转悠过。

大概是 90 年代初，我帮一企业主编过 70 多期《啤酒报》（内部赠送），喝啤酒等于工作，晚 6 点后喝等于加班。我的报期期都有邹静之和赵健雄、赵世民的随笔，若不极其要脸，可以说这三个大腕是《啤酒报》捧起来的。编《啤酒报》使我加深了对啤酒的热爱，也为日后加入啤酒主义奠定了生理和文化基础。

大概是1987年以后，我是甘阳主编的《文化：中国与世界》编委会的杂役，结识文化名人如同儿戏。每月工资不多，却可免费求教精英。最好玩的活就是在好风景的地方安排会议，我亲自挑选漂亮姑娘为大家服务，发现高雅之人也与我有同好。后因在内部犯生活错误，被编委会冷落，此前在某编委赵越胜家饱受酒肉之福及音乐熏陶。那阵，北大外哲所毕业的朱正琳要编《精神》杂志，还约我编审文学类的稿件，由此得见王小波的短篇小说。

大约在同时，大学同学田才子约请我和复旦毕业的宋毅办了一个文稿推荐社，挂在北京自修大学下面。靠推荐文稿赚取小钱以及结识文学女青年——那时拆着拆着信就有照片漂亮地掉出来。还搞文学比赛，收报名费，凡来稿至少是三等奖，将每人的文章删减成豆腐块，印了大16开、三百多页的获奖文选，再卖给参赛者。后来又搞智能测试，以韦氏量表印成小册子和适合中国人的量表，在玉渊潭公园、在玉泉路欲大搞测试，但相对于我们的热情收效极不协调。在搞了几批升学复习材料并略有“原始积累”后，田才子他们搞了连锁餐饮，并通过了我起的名字及题的匾额。后话是满北京都有我题的店名，我尽可免费吃喝且带了一帮朋友，估计那连锁店烦得快改名换匾了。

1989年9月我去怒江大峡谷旅行时，又因查缉通缉犯而被误拘了四五天，在怒山山坡的铁窗内畅阅对面的高黎贡山森林云海以及近处的洗衣晾衣少妇。当然也没什么事，查清我没前科即放人，一个中尉开车送我到六库，说：特许你没有边境证在这一带考察，但不许去片马等交界处小镇。

1989 年 12 月我成了崔健《新长征路上的摇滚》巡回演出的后勤人员，一次去体育馆演出前嫌麻烦租了一辆大卡车冻得大家够呛而遭领队王晓京的批评，还有一次错误是给上台前必喝威士忌的乐队买了假酒——我没拿回扣。归京后我还帮王晓京的新乐手打杂，也兼修改个歌词啥的，认识不少后来有名的歌手。有时也进棚打杂，如百花深处、大觉胡同的两棚。从看棚老头的口中知“牛逼”过去真是一种类似唢呐的吹奏乐器，因其声响而被喻为说大话。

1989 年以后认识了很重要的新朋友，如拉萨的诗人大酒鬼杂种西藏专家胡子（一名叫赛尔丁诺夫）、北京啤酒主义大师小说中师相貌小师的辛栩、斜视诗人寂法，再加上以前认识的搞哲学的陈教授，我将他们四人算成我的四大天才，而我算他们的后勤主任。

1990 年我首次结婚，被朋友圈视为那年的十大新闻之一。对象是北大中文系毕业，人好漂亮有才华，就算满足了我“本科考不上北大、硕士也考不上北大那就娶个北大”的最后一道虚荣心，一年后因我之操蛋及不负责任而被对方劝退。

1997年我与一安徽执着而善良的姑娘生育一子，因其“敦”字辈而名中亦有，这在当年也因我逃避而成为丑闻。

大约1998年与效刚、岩松、子鹏、新栩及几年后新来的旺松、高星、老周、小蔡、孙民、罗艺、张弛、小招等搞了一个“后旅行小组”，稍后又建“后旅行”网站，先后搞过十多次“玩前人之未玩、不冒险、行为而不艺术、流而不下”的旅行活动，简称是三、游、马、轮、沉、赤、布、换、絮、未、五、增、打、吃及抄。具体是五人共骑一辆三轮由京至山东，沿西水河顺水而游两天，皖赣交界处的两个马拉松，轮滑东北两处三省交界，在中朝边境72小时的沉默（装哑巴），冬天赤足于江西山区，以布朗运动轨迹奔逐在皖鲁豫一带，五人不断互换名于内蒙古锡盟，连续72小时的絮叨，模仿未来20年的言行举动72小时，轮滑北京五环及环滑海南岛，必须长3公斤的赤诚增肥活动，开口即挂赌的隆化之行；每天吃一斤醋并访醋坊的山西之行，以及系列化的抄老家（专访朋友圈中人的老家、祖坟、祠堂、家谱者）之旅。“后旅行”前无古人，后须来者，故这十多次“后旅行”活动我都有流水账。

1976年以后我刚活开，似与我1976年的异举没啥关系，多半是因我1976年不幸中之万幸后的个人的改革开放。

这部《没有英雄的时代，我只想做一个人》还须几点说明。

有人说没有细节。我说，事过30年了，记不清；若写细节（我不是不善）容易臆想真实；我这不是文学，而希望是纪实；宁肯骨头干巴巴，也不妄加血肉；1976 年不是我的亲密爱人，我哪记得清其睫毛眉毛及其他毛发的特色。

有人说一半内容不是 1976 年的。我说大概有关，好比 1976 年是我的孩子，我说说“他”的受精、孕期情况以及稍后的长势，何阂之有。

这部《没有英雄的时代，我只想做一个人》我自知写得粗糙甚至有粗俗之嫌。前者是我懒得改，清水出芙蓉是自然，浑水出菱角也是当然。后者即我境界使然，作为使然。

文中年月、小事件等多有谬误，谁愿意指正也行，我多半没时间专门欢迎。

我可以很轻松地将这本小册子拉长，但我怕费读者的眼和钱。

下面要感谢：

免费提供我写作间的徒手游过琼州海峡、徒步穿过塔克拉玛干的罗艺；

给我不少免费就餐卡的老家肉饼公司的张凯来，给我精神机灵或激励的摇滚歌手何兄弟；

帮我提醒当年事情的魏幸、王金明、刘军、苏小卫、陈嘉明、于齐、苏大哥；

这半年陪我喝酒最多的、人们误以为是我小男朋友的苗族诗人小招；

帮我打字、见面就请我吃饭的小岩；

几次被我吃光饭卡金额的著名乐评家、瘸子兄弟赵世民，倾囊一角儿支持我写这书的天下第一恭；

高度请我吃喝或高额开我稿费的杂家高星及夫人小梦，古琴制作大师朴云，诗人王军，编辑及小虎牙拥有者小爽，能力有限公司的酒量无限的张弛，常送我成条香烟的望松、汉行等；

这本书的出版者广东人民出版社及财新传媒编辑徐晓、万文。

1976 年以后我才活开。可没活开的 1976 年我却写了近十万字，也就是说万一我有写 1986 年乃至 1996 年的机会，可能会写得更开、更好玩。等着瞧。

我嘴上爱说：北有狗子，南有木子，前者探险文字，后者探险生活。我较佩服他和她，但我文字与生活都浅浅探险而止，并不专一于文字或者生活。故文也不深，活也不深，那么加一块儿深了吗，够呛。这些文字所记录的生活正说明这一点。那我也感激老天给我的健康，我没忘。

再告读者几句话：

两三年前我就做了《没有英雄的时代，我只想做一个人》

的提纲，后来丢了。当时我差点用我顺手的诗笔把它写成一万行的长诗，幸亏没，那也太矫情了——我写诗几乎比我写文章快。

我用20来天写完这个，提前用一周写了七八页提纲，也是怕写成车轱辘，但仍有一点，就算我强调重点吧。

写它像重过了一遍1976年及相关岁月，觉得还不难过，比较好玩。

这书不知要献给谁，要不就献给我爷爷和姥姥吧，过几年我去原崂山县的老家的坟上磕几个头。

2012年于啤隅斋